韩梅梅 著

我们做些什么
能让自己安静下来

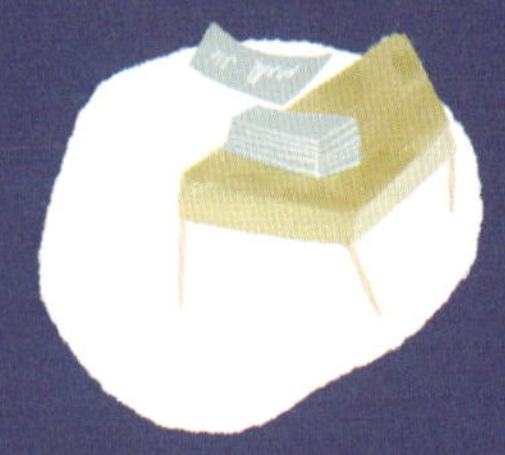

长江出版传媒 湖北科学技术出版社

目 录　　CONTENTS

KRISTY TSUI
TIME
WAITS
FOR
NO ONE
Welcome

< 01 >　饮 茶

每一次的相遇
都是久别重逢

每一季，来新茶了，茶店的姑娘就会给我发一条短信。我就会到她们店里坐一会儿。

姑娘坐我对面，烧水、泡茶给我喝，顺便聊些不咸不淡的事情。

新茶总是好喝的，姑娘自己也喝点儿。她额头饱满，眼神安宁，从不说任何推销的话，只是与你分享一小段时光和茶汤。

有时候，我会买一些，有时候不买，都没关系。她送我到门口，微笑道别。

我曾问过姑娘，你们店里的茶，贵的上万元，便宜的几十元。到底差别在哪里?

姑娘说，一杯茶，不同的人喝，有不同的味道。价格都是人定的。

“其实世界上哪里有最好的茶，只有一个人最喜欢的茶。”

迄今为止，我喝过最好的绿茶，是七八年前父亲从他工作的地点寄来的一包，四川大凉山雷波县的高山绿茶。没有包装盒，就是用普通的茶叶袋子装着，上面写了两个字：绿茶。雷波，山高路远，云山雾罩，雨水不带一点尘埃，茶叶不负漫长冬季，冰雪初融就冒出嫩芽，人们背着竹背篼采撷，用最简单的方法窖制，售价便宜。

七八年过去，我仍记得，热水冲泡茶叶，顿生的那种遥远的清香。根根叶片在杯中如针漂浮，碧绿清透。喝起来清爽润滑，鲜香悦人，加上知道来处，大有高山流水的情怀。

最能体现小物件影响大情绪的，就是茶了。

喝茶，其实是在养心。

因为需要一点儿时间，坐定下来，烧水，洗器皿，烹煮或冲泡，等待。

烹茶的过程，让人慢了下来。

茶汤温暖，入肚有安抚人心的功效。第一泡，第二泡，那种分别，虽微不可辨，但茶变淡了，时光也流走了，长久累积的俗世的烦累也被冲淡了。

烦躁的时候，好好泡壶茶。

体会心静如水。

喝茶的时候，不会觉得日子过得太长。反倒会希望时间慢慢走，越长越好。

喝茶，和喝酒不同，不容易涌起一种谁人与我共饮的情怀，可一旦遇见一个能一起喝茶的朋友，那一定就是至交了。

虽说与朋友喝咖啡也是一件快乐的事情，但是咖啡是油性的，越好的咖啡，越会在杯子里浮出浓浓的油脂，而茶是清淡的，更能喝出一种高远的境界。

我爱在阳光下喝茶。爱用陶器喝茶。不敢就着月光喝，那真的会睡不着。

茶带来的苦恼，一夜未眠的人，最能体会。

一个朋友，算得上是茶徒。只要看一眼茶汤，闻一闻茶香，就能将产地、年代、茶的特点，一一道出。为了喝到心中的茶，没事就往茶店跑，和各店老板处成至交，新茶来了，总是第一个买到。这样的专注，能带给自己满足。一辈子，能够这样喜欢一样东西，就已足够。

喝茶，还是那句话，不要有比较之心。

不是最贵的，就是最好的。

过度包装，不符合茶的根本意义。

对自己的口味，就好。

茶的妙处是，不管是权贵富人，还是百姓人家，都能有自己爱喝的，都能喝出自己喜爱的那一味。

平凡的茶也好喝。

喝茶，不必太较真。不要听人说龙井必须用泉水泡，少了泉水就觉得没有滋味。泉水，有，固然好，没有，也没有关系，用厨房里的水泡，亦能悠然自得，安心快乐。

器皿，也不一定是紫砂陶器最好。我父亲有一个保温杯，十几年了，用来喝茶。茶和水，在杯子里各占一半，茶汤浓得发苦，将杯子内壁渍出岁月的痕迹。他走到哪里，就把杯子带到哪里，换其他的杯子泡茶，他都觉得不是那个滋味。

多年前，在厦门流浪，深夜去海边散步回来，看见路灯下在风中熟睡的大厦守门人。脚下一只茶迹斑驳的大茶缸，一个掉了漆皮的暖水壶，伴他度过漫长的一夜。

这些叶子的故事，耐人寻味。

< 02 > 听雨

雨来了 雨歇了

没有雨的天空，是不吸引人的。

如果只是永远的晴天，世界有什么好？

当一个孩子，第一次抬头仰望，感受第一滴雨水落在脸颊的时候，他开始成为一个人。

天空，美丽动人，风涌云走，转瞬即逝。云只能被欣赏，无法被触摸。直到它变成一滴雨水，用两三秒的时间，就从天上落到人间，我们感觉，惊叹，跑动起来，想躲它，又忍不住伸出手接。

我爱生活，更爱有雨的生活。

小时候，住瓦屋，我爱在雨天，端个小凳子，坐在屋檐下，用一个小纸盒子去接一滴滴落下的雨水。接满了，倒掉，又接……我沉迷于这样的简单游戏，直到袖子和裤子全被雨水打湿。

雨，是天地的交集。下雨的时候，天和地之间连起来了。我那时想，这个时候，翻个个儿，倒过来，世界将会怎么样呢？

雨停之后，整个世界一尘不染。

彩虹出来了。

蜻蜓也飞出来了。院子里出现一个又一个的小水坑，好多蜻蜓点水。被大颗雨水打翻的泥土里，蚯蚓跑了出来。小女孩看了害怕，小男孩捉来玩儿。雨水落在地上，浸透土地，然后又蒸腾起来，慢慢变成雾。雾慢慢朝山上飘去，越飘越高，慢慢变成云。这是我童年最爱看的景象。

长大以后，仍然喜欢雨。

熟悉的朋友都知道，我不爱打伞。

北方雨不多。好不容易来一场，还不好好享受一下？

有谁知道那种，从楼里直接走入雨中的一刹那，内心的愉快？

雨水，沁润人心。

一切恰好。

雨中坐车，模糊的车窗将城市的灯火变得迷幻，那是一幅不可复制的图画。车在走，人在看，心里好多故事。

我喜欢在细雨中漫步，最容易走出心情。雨水浇灭了焦躁，把宁静还给自己。走在细雨中，脑子好清醒，最容易想清楚，自己在经历着什么，希冀的是什么。

漫天的大雨，走在街头，会感觉自己如沧海一粟，寄存于天地之间，虽渺小脆弱，却又坚韧顽强，只要给一滴雨水，就能活下去。

二十几岁，曾在暴雨中痛哭，为什么事已经忘了。但回想起来，真是痛快。现在肯定不会这么做了，不管遇见什么事。

从天而降的雨水，眷顾着每一个平凡的人。

生活太累了，累得回到家躺倒。这时窗帘动了动，凉风涌进来，接着，耳朵捕捉到窗上被敲击出的第一个声音，那声音干净、纯粹，逐渐密集起来，哗啦啦，清晰又清凉。如果还有雷声，会庆幸在家呢！心里油然产生一种稳稳的、暖暖的安全感。

听雨，学会心安。

静谧，闲暇，享受。

一场秋雨一场寒，要更加好好地爱自己。

雨停了，已不再是昨日。

将沉默

慢慢

变成

享受

< 03 > 不说

倾诉是很累的。

当你想找一个人来说说心事的时候，你要做好说完了事情仍然没有好转和解脱的准备。

很多时候，说着说着，就偏离了你想要的轨道。很可能，本来是叫他来听你说说的，到了最后，变成你在劝慰他。

谈到散场，你会发现，其实你们什么都没谈。

或者变成，他说他的，你说你的。

口水都干了，但内心仍是空虚的。

有些话，说出去了，还会后悔。或者被人听了去，一个传一个，变成别人茶余饭后的谈资。

能真正理解你的痛苦的人，真的是太少了。

表面的投机，是假象。

这些，你都知道，只是，宁愿被敷衍，也不愿意孤独。

谁不渴望别人理解自己呢?

但人人都最关心自己眼前的事，谁也没有那么多的时间和精力，来分担你的痛苦。

所以，还是不说罢了。

放弃自己倾诉的欲望。

到最后，你会慢慢感觉到。

静下来，面对自己，是解决一切痛苦的最好办法。

一个人，最好的交谈者，最终，还是自己。

< 04 >　始 愿

大多数时候，我们都是不知道该怎么做的。但是，始愿会给我们力量。

要抓住自己最初的愿望，即刻开始，付诸行动和实践。

可能会倦怠，也可能会停滞、犯错。在刚开始时，总是很主动、勤奋，可是久了之后，倦怠来了，会觉得枯燥、无趣。坚持便变得很困难。

这时，不要放弃和忘记，最初的愿望。

总会走过一段弯路。

也会经过几番停顿。

仍是会归位的。

始愿，会让你寻回最初的那个状态。

由此，你不会丢失天真。

并干净依旧。

收获良多。

< 05 > 不惊

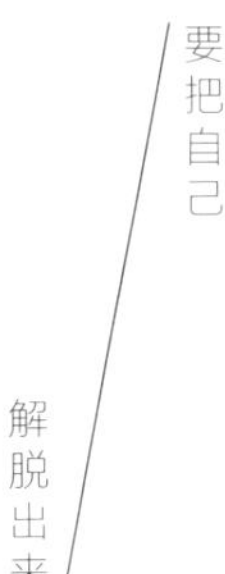

有时候想，人的大修养，恐怕就是“不惊”了。

不管遇到什么事，都以平常心对待。

我们都是普通的人，都希望美事多落到自己头上，痛苦走远点。但是，往往事与愿违。人生不如意之事，十有八九。

那么只能改变心境了。让自己做一个“顺”人。不管发生什么，都视为平常。不管多大的痛苦，都能丢弃。

在那些容易激动的年月，任何一点小事，都能在内心掀起波澜。接着，就是自我放大那些欢乐或者痛苦，把自己弄得疲惫不堪。

当幸运来临，钱来了，地位来了，赞誉来了，会欣喜若狂，得意忘形，奢望这种快乐会永无休止下去。

碰到烦恼痛苦，会震惊，捏紧拳

头，心碎流泪，大喊，为什么是我？然后困在其中，失意，悲伤，以为这样的境况会持续下去。于是绝望。

其实，回头想想，人生的过程，不就是在一个又一个“得意忘形”和“失意沮丧”中轮换度过的吗？

我时常对自己说，要把自己解脱出来。该来的来，该去的去，顺应，不留。

心境淡泊一点，就会宠辱不惊。

喜极也不泣，悲痛而不伤。

一切，都视为自然现象。

不管你怎么样，世界总是它原来的样子。

你的心态，会影响你的感受，但它无法改变事实。

所以，不再热切盼望什么。不再放任自己的个性和脾气，不再有优越感。不再有满肚子的怨言和仇视心理。毁誉当前，付之一笑，在任何环境，都可以平实地活着。

顺境，不忘彬彬有礼。

逆境，不要自卑。

忍得了寂寞，受得了平淡。

有人突然对自己好，不会觉得受宠，有人离我而去，也不会抱怨悲伤。

即便是忍受，也是不惊不乍的。

不容易做到，做到了就是修养到了。

人情冷暖，世态炎凉，只管活在其中。

< 06 >　无怨

让人　明亮 起来

你所经历的，会让你成长，不管曾经是否痛苦。

没有迷失，怎么能通过寻找看到真我?

所以我提醒自己，不要埋怨。

一切让你不舒服的，都来得有它的道理。

有点忍耐之心，面对它。

不愿，也不怨。

因为对他人期待少了，所以，失望也少。

一切强加于人的，会最终压给自己。

世界上没有任何一样东西，你可以占有。

真正应该严格要求的，只是自己，不是别人。

当一个人明白了，“参差多态，乃幸福本源”，就会学会尊重，尊重他人的选择和生活。每个人都有他不同的人生。

一切，恰如其分，他不会再埋怨发生在身边的各种各样的事，同时也原谅自己会犯错。

怨言少了，喜欢你的人会变多。

由此你得到自信。

爱抱怨的人，沉溺、忧虑，每一个当下都是不满。因此变得复杂和病态，痛苦和惶恐。

不怨，就不会有牺牲感。对世界，只看到有趣的、开心的。平心静气，远离那些不健康的。不再斤斤计较，患得患失。

时间，拿去做自己热爱的事。

不再终日躁动不安。

终于学会自控，在怨言要出口的时候，关住了阀门。在纷纷扰扰中，学会了稳定和放松。在复杂的环境中，学会了单纯。

单纯带来快乐。

你是有选择的，怨，还是不怨。

还是觉得，不怨好。

< 07 >　吹风

喜欢去看一个不是很熟的朋友的微博，他很有意思。有一天，他敲出了一行文字：

“你懂我吗？你知道我喜欢什么吗？告诉你，我喜欢吹风。”

乍一看，你会觉得这个胡子拉碴的男人说这些话是不是有点矫情？

但是看他配的图，感觉马上就变了。

他在开车，在去往西部的路上，一辆骨架粗大的吉普车，车窗外是荒凉空旷的景象，他听着音乐，风灌进来，一路向西，到了银川。

在银川喝了一碗向往已久的羊肉汤之后，他又开车到一个荒无人烟的土坡上待了一会儿，抽了根烟，吹了阵风，又上车，开回去。

这个朋友，真是纯真可爱。

我也是爱吹风的人。

十几岁时，在南方的小城读寄宿学校。那个城市风很大，在夏天的傍晚，总是带着淡淡的热气和潮气，吹得人心里湿乎乎的。但我仍然喜欢，经常去学校门外的吊桥上，晃晃悠悠，吹一下午。太阳落山的时候，总有淡淡的愁绪在内心滋长，我不知道为什么，似乎只有吹吹风，才能让那种感觉好一些。现在写着，也能隐约再次体会到那微妙的感受，那种只属于少女的内心的忧愁和潮湿。

后来去乡下当老师，最喜欢的事也是吹风，每次洗了头，就跑到乡村中学的操场，倚着篮球架，看学生打球，吹风，看满天晚霞渐渐淡去，直到圆月升起，学生散了，头发吹干。

爱吹风的人，是容易满足的人，随时随地，都能感觉很舒服。

去楼顶吹吹风，去江边吹吹风，去海边吹吹风。或是走在一个不知名的地方，突然一阵风吹过来，带来不知哪个角落的花的香气，马上就心满意足了。

坐在摩托车上吹风，黑夜和零星灯光向后飞去，刺激又释放。

在山顶吹风特别爽，什么苦闷和压抑都没了。

在午夜的街头吹风，最能感受到孤独的自己。

在阳台吹风，很自由。心安静得厉害。

即便是在闹市之中，风吹来烧烤摊的味道，如果你觉得好闻，也可以使劲儿闻闻。空气，是有情绪的。晚风中，小狗在撒欢，大妈在起舞，情侣在亲昵，因为有风，一切看起来生动怡然。虽然带着些人间的烟尘味，但谁又在乎这些呢？有风吹，就是大好时光。

人们爱唱，想带你去吹吹风。那可能是因为，人人都需要透透气。

气透了之后，心就变得阔达和宽广。

吹吹风，就不再有忙和辛苦的感受。

风还能带人去飞翔与遨游。

只要心是轻的。

随时都可以。

内心有个「止」示标

< 08 > 而止

在内心深处，应该保留一处“止”示标，用来拒绝放肆。用克制、忍耐来保持内心的安宁，而不是任由自己的欲念肆意漂流。

再美味的东西放在面前，都不要彻底放开去吃，带着止心去品味，食物会一直有滋有味。敞开去吃，吃得越多，东西就越不好吃了。

知止，还体现在言语表达上。说话，只要能够清晰表达自己的意思就够了。不要总是去补充，去修饰。语言，是用来沟通的，越是分明简约的表达，越能达到较好的沟通效果，话多，逞口舌之快，却给人带来负面印象，自己也很累。在忍不住想高谈阔论时，不妨知止而止，沉默是金。

即便是面对那些美好的东西，也要有知止之心。因为美好，总是会消逝的。带着止心来欣赏美，在转瞬即逝的那一刻，也不会太过于失落。

爱一个人，也是如此。克制而深沉的爱，好过飞蛾扑火。

在给他人承诺的时候，要适可而止。不要过高，否则，兑现起来有折扣，内心也会有很大的压力。

有克制的悲伤，是优美的。

面对创痛，呼天抢地，总是不好看。在面对一切不可改变之事的时候，不如再忍耐一些。

在你想要去猜测他人怎么想的时候，懂得止住，真不重要。他人对你，没有那么多的目的。不过多在意他人想法，就是普通人最好的修行。

< 09 > 清醒

保　持　觉　察

保持一颗觉察的心就能清醒。

有时候，太容易被人家“说什么”给迷惑了。

他人的说法、想法、准则，就是一个圈子，将自己迷惑在其中。

一颗觉察的心，就是时刻保持警醒。对自己的念头、想法、行动都有清醒认识，是否坚持自己的准则？是否随波逐流？是否已被左右？想清楚了再去做，就会少些急躁和困惑。

不清醒，其实坏处也不大，大多数人大多数时候都是这样过着的。但是，清醒能让我们看清事物本质，内心平和坚定，遇到困难，能有力量面对，而不是逃避。

清醒，就是当“我以为是这样的”的念头来的时候，能够暂时抽离自己的角色，用旁观者的理性来辨别，而不是陷在“自我”的困局中。

不清醒，其实就是“错觉”太多了。

清醒，只需要一颗简单的心，去感受蓝天，白云，清风。烦恼来了，不急不躁，情绪来了，自行化解、释怀。痛苦来了，看待，体会。虽身在纷乱世界之中，却心静、自律，有一个不被“错觉”和幻想所左右的内心世界。

< 10 >　慢慢

急于求成，

会妥协，会将就，会做错事

一个平和的人，不是一两天修炼成的。

不要习惯于自己的急躁心境。

不要总想着，我要快一点，快点知道结果，快点达到目的。

急于求成，会妥协，会将就，会做错事。

慢慢来，也无妨。

如一个天天疾行的人，突然放慢了脚步。突然体会到了脚踩落叶的快乐。

如果通过对自己细微的观察和改变、调整，放下某些急促想法，慢下来，也就由内而外提升了自己。

慢慢来，看它会怎样。

< 11 > 看花

一件美事，莫要辜负

花是不等人的。

前两天从小区门口经过，看见路旁的雏菊开得正好，就想明天来拍几张。第二天忙，忘了去。等过两天再去的时候，花已经开始凋落，拍照的愿望荡然无存。

夏天的时候，一个朋友发了一张微博图片。说，邻居的院子“吐”了。

一看，满满当当的一院子月季，开得太张扬了，拥挤着，肆无忌惮，从墙垣铺展出来，那画面真是好看。

人很幸运，能和花这么美好的东西一起生存在这个世界。

小时候，我家门前有一棵苹果树和一棵梨树。苹果花是粉色的，梨花是白色的。

春天，在风刚有一丝暖意的时候，它们就开花了。年少的我曾仔细端详花的样子，那鲜嫩的花瓣和倔强的花蕊，形状和姿态，好看得让人迷惑，它那么柔弱，柔弱得稍用力就碎了，汁液沾染了手指。花的香，会吸引来很多的蜜蜂，有一种叫“花鼻子”的大蜜蜂，不会蜇人，我们最爱捉来，用一根棉线拴住它的腿，牵着飞，跟着它跑。

对一个乡下的孩子来说，看花，真是太正常不过的事了。

溪水边，紫色的、精灵般的鸢尾。

山坡上，一簇一簇的杜鹃。

庭院里，有花蕊像蜜汁一样甜的美人蕉。

然而在花最多最美的年月，却不懂得什么叫赏花。少年时，总觉得外面的世界比家乡好，再美的风景都留不住渴望远行的心。那年决定走的时候，车在高山间蜿蜒爬行，云海里的杜鹃花正开得漫山遍野，我坐在车里，根本没扭头看一眼，那是一种不回头的决绝。

离家久了，才知道什么叫想念啊！那云海，还有那些花，会时常到梦里来。

才知道，时间会让那曾经视若平常的东西，一下变得无比珍贵。因为回不去了。

在北京，我去过一次玉渊潭赏樱。人非常多，人们喜欢攀着花枝照相，或在花树下野餐。樱花的花期非常短暂，暗示着人们的相聚，亦是如此。

去看紫竹院里的荷花，是 2005 年的夏天，每天中午的必修课。那时我在紫竹院旁边的写字楼上班，午饭后，就会去公园里走一圈，然后在荷花池边坐一会儿，鸟叫蝉鸣，蜻蜓飞舞，看花的时候，人会暂时忘记自己的不如意，心里很平静。

我最难忘的，是 2007 年的北京，那一年的槐花开得特别好。街头巷尾，到处都是一团团白色的花簇，搭配车水马龙，风一吹，整个城市落英缤纷。

而那一年，却是极为低落的一年。

当时和朋友在魏公村路的一家咖啡馆。魏公村路的两旁，有几十棵茂密的槐树将马路环抱。

整条马路的花都盛开了，真是良辰美景。

朋友拉我到树下长坐，说，如果实在太苦闷，就把注意力集中到这些树上，花上。其他的，暂且不去管它。

看花，其实就是在看时间。

整个漫长的夏天，我们都在树下聊天。

那些槐花，风一吹就乱了，飞下来落在头发中，晚上睡觉时，才在枕头上发现。

等花都落尽，我的心情也好了起来。

爱看花的人，也爱种花。

如果是一个浮躁的人，想尝试改变，可以种种花。有一件事情，要让你去认真对待。每天浇浇水，修理修理枝叶，搬到太阳底下去晒一晒。观察一朵花是怎么冒出花骨朵，又是怎么突然之间绽放，给人惊喜。

花，不会辜负你的付出。养花，让生活有趣并精致起来。

而一朵花的凋零，又会提醒：

世界繁杂，时间太快。

我们需要，且行且珍惜。

< 12 > 正视

直面它，跟随它

不要回避和抗拒那些不顺的、焦躁的东西。只需要正视这一切。

这些都是必然的。人活着，就得身在其中。

很多时候，我们更愿意改编事实，看到希望看到的版本。逃避到自己都相信，不愿意正视。

欺骗自己的结果，就是烦恼更多。

不必想着逃避和远离。不要抗拒。

直面它，跟随它。

选择了正视，也就选择了远离。

< 13 > 善意

要原谅，

保有爱的能力

用善良的心，去看待一切。这个世界，并不坏。

最初的纯良，总会在后来的经历中四分五裂，总有人懂得珍惜，即便是碎裂成渣，也要有所保存。

善良，是一切美好的基本属性。

心里必须知道，没有完美无缺的东西。

要原谅。

坚持保有爱的能力。

时间，最终会让那些恶意的东西远去。你心里保存善念，最终留在身边的，都是好的。

不过多期待，不强求远去的回来，没有过多的疑虑。

懂得珍惜那些真正重要的感情。

温柔地和一切相处。

善良，就是要尽可能多地相信。

相信人心，终是温热的。

< 14 > 等待

真正重要的

无须言说

要学会等待。

一切急于得到的答案，都不是最终的。

就如你年轻时，那么恳切地把自己的心交付给另一个人，结果，是浸泡眼泪和黯然神伤。

要克制住不顾一切的冲动。

那些迫切想知道结果的心情。

等待他们来了解你，而不是滔滔不绝地表白和展示。

真正重要的，无须言说。

痛苦，迷茫，彷徨，是必经的道路。再急，也得一天天地度过。

只需维持每日的坚持。

不媚俗迎合。

内心有坚定的原则。

不要对自己说谎。

悉心安抚那些内心涌起的不安和浮躁。

保有力量，应对一切变化。

等待。

时间，会把你推过去。

别着急。

也许明天，就好了。

< 15 > 乘船

“人生在世不称意，

明朝散发弄扁舟。”

“李白乘舟将欲行，忽闻岸上踏歌声。”

“春潮带雨晚来急，野渡无人舟自横。”

“孤舟蓑笠翁，独钓寒江雪。”

“窗含西岭千秋雪，门泊东吴万里船。”

“姑苏城外寒山寺，夜半钟声到客船。”

“野径云俱黑，江船火独明。”

“两岸猿声啼不住，轻舟已过万重山。”

“常记溪亭日暮，沉醉不知归路，兴尽晚回舟，误入藕花深处。”

“移舟泊烟渚，日暮客愁新。野旷天低树，江清月近人。”

“故人西辞黄鹤楼，烟花三月下扬州。孤帆远影碧空尽，唯见长江天际流。”

一句句重温这些与“船”有关的古代诗词，真希望自己能借助时光机，回到那个风很干净，没有电，也没有手机的时代，乘船远行，天高水长。

当人们说“浪迹天涯”这个词的时候，我总会想到船，而不是车。

船，是带人远行的东西，但又不只是简单的摆渡工具。

人生，有一些美景和意境，只有乘船，才能得到。

远离陆地，远离尘嚣。人在船上，总是更能看见真实的自己，还有那份脆弱。

人在船上，会有一种漂泊感。永不停止奔流的水，一叶扁舟，载浮载沉，无所寄托。暗示命运的漂泊之感。“小舟从此逝，江海寄余生”这样的词句，让人体会到什么叫“人生如寄”。

古人辞亲远行，在渡口依依惜别。“李白乘舟将欲行，忽闻岸上踏歌声。桃花潭水深千尺，不及汪伦送我情。”一个渡口，旁观了多少人生的悲欢离合。

有些美景，只有在船上，才能看见。

“两岸猿声啼不住，轻舟已过万重山。”

“星垂平野阔，月涌大江流……飘飘何所似，天地一沙鸥。”

“孤帆远影碧空尽，唯见长江天际流。”

虽然独自遥望，看到的却是多么美的景象！

在船上仰起脸感受风的人，纯真可爱。

乘船的人，更容易有孤独的心境。尤其是夕阳西下，天色将晚，离愁别绪逐渐涌上心头，伤感之情满溢而出。

乘船，远离和行走。在途中思考。

船，是自由的，载着人生的离愁。

而有时候，人，恰恰是享受那么一点点愁绪的。

“过尽千帆皆不是，斜晖脉脉水悠悠。”

< 16 > 喜欢

喜欢茶，喜欢米

喜欢云。

喜欢月。

喜欢一切干净的东西。

喜欢茶。

喜欢米。

喜欢阳光和风的完美比例。

喜欢灯。

喜欢雨。

喜欢按喜欢的方式去生活。

喜欢清水长流。

喜欢看见花开。

喜欢你。

< 17 > 专注

心 无 旁 骛

那些我们曾感叹的难事，
只要专心和投入，
都会转变成易事。

心慌的人，总是埋怨，时间太少啊！
其实根本不需要太多时间。
只要够集中，每天两三个小时就够了。

专注几小时的工作，就已足够有进展。
专注半小时的阅读，再晦涩难懂的书也容易理解。
心无旁骛，思路清晰，有条有理。
集中了所有的注意力，产生的力量是巨大的。

投入之后，还要坚持。
坚持，会给专注的人更丰盛的收获。
不管做什么，没有坚持，最终都是一场空。

专注的人的眼睛，特别动人。
此时此刻，怎么看，也看不够。

< 18 > 天然

任何 一棵草
都经得起 凝视

如果有一双，能看见天然的眼睛。

任何一棵草，都经得起凝视。

每一颗石头，都魅力无穷。

一朵花，让人欢喜。

树叶的颤动，如此迷人。

世界明媚。

心满月圆。

< 19 > 离群

尘世太大。

悲喜无常。

在起起伏伏的人潮里，我愿做一个勤恳的工匠。

一点点打造属于自己的小小村庄。

这里生意盎然。

虫鸣鸟唱。

清、净，是阻挡外界的屏障。

有忙碌，有清闲。

只要一味按照自己的喜好生活，不管别人怎么衡量。

慢慢地，慢慢地离开。是为了，更好地，更好地融入。

不管外面怎样，打理好自己这一个小世界，就足够好了。

似乎每一个人，都应该活成这样。

< 20 > 焚香

宁　静　致　远

这是属于一个人的简单仪式。

换一身柔软的衣裤，清洁双手。燃一支线香，或盘香，或塔香。

雅致的香炉、古朴的香盒，在房间的某个角落，发生神奇作用。

青烟袅袅升起。

满屋香气，充盈宁静诗意。

浮躁的人，在青烟中开始了一场心灵之旅。放空自己，体会清净。思绪随青烟弥漫、飘散，进入自由宽广的世界。

满腹牢骚随烟飘散，内心静谧安详起来。

苏合、安息、丁香、郁金、捺多、和罗、沉香、青水、龙涎、迦南、细辛、母丁、独活、白芷、乌沉、甘松……

香料，有着动听美妙的名字。

焚香，能让内心有祥和之气。

我需要一颗祥和之心，来忘记和他人之间的恩恩怨怨，躲避人世间的炎凉冷暖，忘却暂时的不如意。

注视那些缥缈的烟雾，最容易有“处境”之感。

处境，其实质也是如四季变换一般的循环罢了。

在这一刹那，最能体会到“无念，无着，无相”的生命本质。

生活的真相总是浮浮沉沉，若隐若现。

没有人天天告诉你什么是真理，只能靠自己在平静沉默中体会。生活里，每时每刻，都能有所体悟。

静心呼吸，安神养性。

无论外在际遇如何，都不要影响内心的快乐。

无论春夏秋冬如何变化，都要过好自己的简单日子。

< 21 > 夜读

走向远方

沐浴，夜读。

对面楼的灯光次第熄灭。

楼下花园里已空无一人。

灯光温柔，身心沉浸于安宁。

字里行间，白天的琐事烦恼逐渐脱落。

夜读，就像一次旅行。

启程，跋涉。

走向远方。

最终又回归。

最终目的，是为了一点一点清除内心的固执。

暂忘忧伤。

< 22 > 你我

关系好的　常相聚

为人际关系苦恼，多数是因为误解。

你不是他，他不是你，彼此之间，有了要求，烦恼自然就多了。

我不介意别人误解我。

只有少数情况下，我会解释。

只知道，尽量做好自己，就可以了。

要求自己，尊重他人的想法和选择。尽量不要用自己的准线去测量别人，更别要求他做到自己所期望的那样。

关系好的，常相聚。

关系不好的，心存祝福。

矛盾，其实是一种过滤。

过滤掉会给彼此带来烦恼的人。

好友，自有化解矛盾的方式，因为不计较。

如果会因为矛盾而绝交。

那就由他去吧。

一生，能遇见那么一两个人，彼此有话可说，分享快乐，共渡难关。

唯此，足矣。

< 23 >　原谅

真正的释然

最终，它是自我解脱。

不要太介意，他人对你的伤害。可以适当选择忽略。

如果想，你是他，就能多少理解，他的选择、他的处境，何以如此。

事情已然发生。

反思并尝试理解他人的苦衷，能治愈委屈、伤痛、焦灼。

记住，每个人，都会犯错。

对恶意的中伤，选择不在意，不是软弱，是最有效的抵抗。

你也可以不原谅。

只是活在怨恨里，会更难。

记仇，是一种危险的行为，会伤害到自己的。

真正的释然。

是，想开了，继续向前走。

接受曾受过伤害的事实。

冷静，接受，淡忘。就是对自己好。

原谅了，会更好。

< 24 > 小孩

她感受着你

你感受着她

一个小孩，是一个美好的存在。

每一次看到她，我都会轻轻呼唤她的名字，然后看见她露出快乐天真的笑容。

尽管，她还不会说话。

但是，她感受着你，你感受着她。

每个晚上，睡觉前，总是忍不住拿出手机，看给她拍的每一张照片，每一个视频。幻想着，将来，她长大了，再次看到，是多么有意思。

带孩子，对一些人来说，是苦差，而对于我，是乐事。因为每天都有惊喜。她的一举一动都牵动着我的目光，她发出的每一个声音，都动人心弦。

她注视你注视她的目光。有一种流淌在内心的无法用语言来形容的感受。

当一个人有了小孩，每天的阳光和空气，都变得不一样了。突然从一个自私、敏感、随意的孩子，变成一个有责任心的大人。每天都很期待，期待看到那张纯真的小脸。每天都想逗逗她，和她说好多话。想从她的每一次皱眉，每一个眼神里，找到解读她内心的密码。

抓抓她的小手，亲亲她的脸蛋。

当她难受和哭泣时，我的心也在流泪。

我的心里充满了无尽的感激。

为了她，真的可以不顾一切。

我的丈夫，要去买一个可以戴在头上的摄影机，因为他希望能把每一刻，孩子的每一个表情都记录下来。给未来添加美好的回忆。

谢谢她为我带来的一切。她让疲惫、烦躁的日子，快乐起来。

对她有太多的期待，但是希望她不用太在意。仅仅是抱着她，看着她，我已得到很大的满足。

一个被爱包围的孩子，将来必定会更爱这个世界。

对一个孩子来说，最好的祝愿，就是我将永远和她在一起。

爱她，陪伴她，在她伤心时给她拥抱，一起开心，一起享乐。

衷心谢谢她，来到我的身边。

< 25 >　望云

在城市里生活，我爱抬头看天上的云。

不知道怎么的，只要能看见云，就能感觉到风。

一向喜欢云，从很小的时候就开始。

那时还住在山里，从小县城的任何角度望出去，都是起伏的大山，满眼的绿色。那里没有污染，植物茂盛，山脚有大河大江，所以，水汽丰盛。

几乎每天早晨起来，都是有雾的。那种雾，异常干净，轻柔飘动，慢慢向上飘去。我们在雾中走路去上学，基本上到了学校，它已经退到了半山腰上。等我们开始做课间操的时候，它已经从山头升腾而起，变成云了。

我爱在放学的路上，抬头看天上的云，那些被太阳照亮的云朵，像棉花糖。我《西游记》看多了，总是一边走，一边幻想，自己变成小仙子，踩在那朵云上。

长大了之后，才知道，山那边，还有山，云那边，还有云。

在异乡那些困难的日子，找一个可以坐下的角落，抬头看看天，看看云。回想年少时那些空气、树木、河流、云彩和晚霞。想想最初的愿望。那些困难，也算不得什么了。

坐了十几年的飞机，仍然爱订一个靠窗的位置，就是想要看云。

飞机轰鸣，奔跑，坚决地腾空而起，很快就钻入云中。这时的云，是窗外的雾气，挟带让飞机抖动的气流，会在这样的云里爬升多久，视天气情况而定。也许就在下一瞬间，飞机冲破了云层，突然就在云之上了。

不管下面多么阴霾，云层之上，永远阳光灿烂。

小时候的愿望实现了。

我终于飞在了云之上。

天上的云真好看！

未凿的天真之美。

除了风，谁也无法主宰。

宁静，温柔，像湖水。

奔腾，重叠，像奔马。

一去千里，峰回路转。

靠着舷窗，无语凝视。

不兴奋，也不想哭。

内心是一种宁静的美好。

我要记住它，这眼前的景象。

最近我迷上了给每天的云拍照。

如薄雾般轻飘飘的。

大朵而俏皮的。

似波浪席卷而来的。

被飞机带成一条直线的。

还有，暴雨将至的黑暗，

乌云背后的金线。

大多数时候，我们都在埋头眼前。

每一次举目，都会有意外的收获。

纵使心中有万种惆怅。

抬抬头，总有一些烦恼，会随风飘散。

< 26 > 真 心

哪怕只有过一句

温暖到心的话语

对待他人，没那么复杂。

只需要，有一颗平和的真心。

感激这个世界，除了自己，还有别人的存在。

确实，曾有人让我感到失望，甚至为此落泪。

但是，我劝慰自己，一段关系，总是在发展的，不管最终成了什么样，要始终记得，你见到他的初次，那种最开始的欣赏。感恩他曾经给过的每一点关怀，每个小小的帮助，哪怕只有过一句，温暖到心的话语。

失望和委屈，付出的多与少，都是不值得去计较的东西。

只需要保持简单的快乐就可以了。

这样，就可以很舒服地活着。

< 27 > 无常

用尽
全力地
去珍惜

无常，随时都在。

犹如空气。

要处理好和它的关系。

清醒地，克制地，去行乐。

用尽全力地，去珍惜。

< 28 > 省问

每天早晨醒来，或者入睡之前，你会跟自己对对话、聊聊天吗？

或者，你时时刻刻都在忙，早已忘记了自己。

每一天，都在为别人而打拼，都在照顾好多的人，却忘记了轻声地问一句：

你还好吗？

心累吗？

你现在所去做的，是你最想要的吗？

生活，一直都在隆隆向前，不可能早早就准备好一切等你来拿。每一个人，都是在忙乱中焦虑着、摸索着前行。因为时间有限，心里又有渴望过的生活，所以，有一点点自省并不多余。

我每天都活得清醒吗？

早晨醒来，感受到的是期待、新鲜，还是浑噩、昏沉？

这几年最想做的事情都做了吗？

最近有任何学习吗？

全情投入在什么事情上了？

如果最近的不顺是一种磨炼，我能顺利过关吗？

尽管人生的意义是个很大的命题，我思考过吗？

到底缺了什么？生活如此单调？

你是自己喜欢的那种人吗？

你是在为自己而忙，还是在按照别人规定的节奏生活？

究竟哪些事情会让自己幸福？

怎样才能有些改变？

还是继续日复一日，虚度下去？

生活，其实就是一部分想法，加一部分决定构成的。

每一个小小的自问，看起来是微不足道的，但，坚持保有一种自省的态度，拿出行动来，一步一步，一天一天，聚焦最多的能量给最要紧的事情。这些小事，就会成为命运的转折点。

想明白了，你也会从容，也会不同。

< 29 > 清修

释 然 之 旅

有一年，去一个海边的城市见作者。时值夏日旅游旺季，旅馆爆满，无奈之中，听从路人的指引，找到了一家山上的禅院，有客房可住，无意中过了一段清修之旅。

寺院在山上，绿树成荫，比城里凉爽许多。

住的房间里有木床，木椅，木桌，桌上有台灯，茶具。几本佛教书籍的旁边，有粥券。

窗外，是古老寺院的阁楼一角，白云在走。

清风扑面而来。

每天早晨，在禅院的钟声中醒来。很早很早，在平时根本不可能醒的时间，神奇地无法赖床了。

这里正好在举办每年夏季的“禅修夏令营”。十几位来自不同城市不同身份和际遇的男人女人，身着布衣，在这里小住十天。在一个没有名利、

宠辱欲望的地方修心、养性。

凌晨四点，就起床了，穿戴整齐，清扫住所，然后吃早餐。

吃早餐，是有仪式感的，大家无声列队进入食堂，行礼，坐下，开始吃面前盛好的食物，细嚼慢咽，没有交谈，不能剩饭。吃完了饭，自己去清洗餐具，然后放回桌上。

然后去上早课。静坐自修，或者听禅师讲经。有学员说，刚开始那几天，关掉电脑手机，浑身不舒服。慢慢地，心中的杂念就少了。完全进入另外一种生活状态。

下午，是坐禅时间。

晚课，就是在禅院四周行走，在僧人带领下，专心走路，只在意自己的脚步和呼吸。不断重复。十分枯燥，心不静下来，是很难忍受的。

那几天，完全就是吃素的。

对于平日里无肉不欢的人来说，能做到这一点，连自己都惊讶。

可能是因为内心的欲望降低了，所以，对肉食的渴望也就没有那么强烈了。反而对素食，经过几番仔细咀嚼之后，感觉也很美味可口。

禅院的房间里，有一些阐释生活禅的书籍。用通俗的话语，解答生命的思考和生活的困惑。睡前读上一小段，豁然开朗。

有一天，我从回廊经过，遇见一位清修的学员，他正身着青衣布鞋认真地扫地，目光相对，他微笑着和我打起了招呼，谦和有礼。聊了几句之后，知道他是南方一位千人公司的老板，每一年，都会在夏天来参加这个夏令营。为的是脱离世俗困扰，远离琐事，沉淀静心，早睡早起，吃几天清淡的饭菜，然后再回到世俗的生活中去。

经过奋斗，逐渐得到自己想要的生活以后，大多数人会选择去挥霍，去享乐。但是，这位先生，却选择了求苦得乐。而且这份乐是完全免费的，深沉的。清修之后，看人待物的方式，总是有些变化的。不执着了，不强求了。一切顺其自然。

“比如现在，我觉得扫地就是一件很有乐趣的事。这种快乐，只有我自己知道！”正午的阳光下，这位先生像孩童一样笑着说。

< 30 > 路途

心静　　如湖水

我喜欢坐长途的夜班飞机。

黑暗中的飞行。

冲破气流的狂浪。

一个人醒着，看天际线的第一丝亮光。

还喜欢坐长途的夜班车。

去一个从未到达过的地方。

看不见倒退的树影和天空。

只能捕捉偶然从荒原里闪过的灯光。

心静如湖水。

回忆，已然逝去的时光。

自由，也许就是，

想飘荡时，飘荡。

想回家时，回家。

< 31 > 落雪

如落雪

美的，多是伤人的。

似落雪般。

义无反顾。

< 32 > 深藏

我不知道　　怎么给它命名

即便那样，我也有深藏的东西。

一辈子，都不会说出来。

那些可以用伤害来命名的东西。

还有些什么，我也不知道怎么给它取名字。

它们在我心里，最最最里面的地方。

因为足够深，所以不会造成惊惶不安。

我只是，知道它们的存在。

再不会，是一个明媚的人了。

想起这个，总会有点想流泪。

即便那样。

困了，仍能马上入睡。

< 33 > 错觉

生完孩子，喂完奶，胖了30斤。

最大的变化就是不想照镜子，不爱买衣服，不想见人了。

北京的朋友说，来找我玩儿呀！

我说，我不瘦下来，就不去北京！

然后开始减肥，买了个体重秤，天天测。那个数字，仿佛粘牢在那里了，就是下不来。

这让人很沮丧。

继续锻炼。

并且开始据说很有效的不吃晚饭计划。

半夜饿得嗷嗷叫。

毅力不够的话，又在深夜干掉一个面包。

就这么，折腾来，折腾去。

体重秤上那个数字，还是那样。

一次偶然的机会，一个朋友又送了我一个体重秤。

将它放在楼下。

但很少去踩它。

说真的，无所谓。对减肥这件事，我真的快要绝望了。

然后，某一天，洗完了澡无聊，目光落在这个体重秤上。

它静静地躺在那里，召唤我："过来，踩两脚看看。"

我难以抵抗诱惑。走过去了！

这一踩不要紧。

哈哈哈哈哈！

家里爆发出这种声音。

大丁跑进来问："怎么了？怎么了？"

"我，终于从'7'字头，变成'6'字头了！"

我高兴地说。

好久没有这样幸福的感觉了！

整个人就像焕然一新。

人生，还是有希望的。体重都能减下来，其他算个啥？

每天照镜子，看看，脸小了一点就好看多了是不是？

路过商场，也想去看看女装了。

经过玻璃橱窗，也愿意瞄一眼自己。嗯，好像是没有以前那么像熊了哦。

北京的朋友又说话了，来找我玩儿呀！

好，你等着。

然后我就去北京了。和各路朋友约见，吃饭，聊天。虽然，我比离开的时候胖，但是，我已经开始瘦了，不是吗？

当然，我也会不好意思地明知故问：我胖了很多，对不对？

朋友的回答，正好是我想听到的：你胖或瘦无所谓啦！我来见你，根本不会想要换衣服，化妆。我们之间，不存在啦！

度过了愉快的几天后，我回到了家。

有一天，陪孩子玩开心了，我又看见了楼上那个一直没用的体重秤。

咦？上去看看，看最近又瘦了没？

于是，我满怀期待地踩上去了。

没变。

数字还是没变。

体重秤不一样。

也许瘦下来，只是一个错觉而已。

然而，一个错觉，为什么会让人有那么大的变化？

这个问题，值得让人深思！

< 34 > 真爱

我对你们　是真爱

有个朋友发了一个朋友圈，大概内容是说：

“你说你喜欢雨，下雨时你却撑起了伞。”

“你说你喜欢阳光，但当阳光好时，你却躲在了阴凉之地。”

“你说你喜欢风，但清风吹来，你却关上了窗户。”

“我害怕你对我也是如此之爱。”

嗯。

想想自己。

不是暴雨绝不撑伞。

再暴烈的阳光，也走入其中。

不是沙尘暴不关窗。

所以，别怕，被我爱的人们。

我对你们，是真爱。

< 35 > 本味

一顿饭

把人的心

吃温柔了

出差去广西，顺便看望一个朋友，因为他的小孩还没有满月，不便去家里，约在市中心的咖啡馆见面，愉快地聊了一个下午之后，他抱歉地说："还要回去帮忙照顾孩子，不能请你吃饭了，但是我和朋友在城郊开了一家农家饭馆，我安排了几个菜，你去尝尝，骑车去吧。"然后他把自行车钥匙留给了我。

在清凉的晚风中，骑车奔向一份有人安排好的晚餐，这一路上的心情有多愉快，应该可想而知吧？

路两边都是柚子树，开满细碎的小白花，散发出浓郁的香气，这是专属于南方的味道。

公路下方就是一块块的稻田。

戴着耳机骑了半小时，就到了一座山下，朋友的朋友已经在路边等我了。

瓦房，池塘，水井，大树，还有一条小河从旁边流过。

我坐在一个茅草搭的小棚子底下用餐。天色渐渐暗淡下来，有青蛙在附近欢唱。

独在异乡为异客，本应该是在晚风中生出愁绪的，但是还没来得及，全部的注意力，已经跑到了惹人垂涎的饭桌上。

炖出厚厚一层黄油的土鸡汤。还有一盘辣椒炒肉，拌红薯苗。一篮子煮熟的玉米和土豆。米饭莹白。

朋友坐下来，拿起筷子，陪我吃。说：“鸡，是自己养的。蔬菜、玉米、土豆，都是自己种的，饲料、农药、化肥、激素，统统没有。”

第一口喝汤。

鲜！

就是那种纯正的鸡汤味。

鸡肉紧实，有嚼劲，虽然炖了很久，但仍然不老不柴。

问：“是放什么佐料炖的？”

“什么都没放，只放了盐。”

“连姜都没放吗？”

“没有。想喝到真正纯正的鸡汤，就什么都不要放。只放点盐就好。”

那盘辣椒炒肉，看着简单，吃起来香辣刺激，肉香四溢，味道足得很。

我赞叹好久没吃到这么好吃的炒菜了。

朋友说：“你们城市里头的，炒菜用的燃气，锅小，多翻几下，菜在锅里就绵了，老了。乡下炒菜，用的是土灶，柴火旺，铁锅大，开足火力，爆炒起锅，所以好吃。”

“嗯嗯！”我连连点头，“所以，有锅气这一说。有时候，东西好吃，不只看食材，还要看锅呢！”

“我这儿所有的东西，都没有在冰箱里冻过，食材也很重要。”他说，“你看，你吃的这个红薯苗，是我媳妇儿现去地里掐的。掐回来，水里淘两下，马上就下锅了。还有这个辣椒，也是刚摘下来，因为新鲜，所以味道不一样。”

“您手艺这么好，怎么不开到城里去？现在城里‘土菜馆’很火的。”

“其实没啥手艺，就是东西新鲜一点，不要乱加东西，什么都吃个本味就好！”

“真开到城里，就不是真的土菜馆了。”朋友说，“你想，自己养鸡，要地方，供鸡跑，吃稻谷、虫子，不喂激素饲料，还要等上大半年的时间。在城里，需求大，哪里来那么多土鸡？到最后，肯定会去买饲料鸡来冒充，饲料鸡的肉质，肯定是不如自己养的。还有这些蔬菜，城里哪有地方种呢?一般人，吃不出大棚蔬菜和自家蔬菜的差别，但是我自己知道呀。我用假的冒充真的，自己心里过意不去，也违背了我开店的宗旨。我就是想开一家纯粹的、真正的土菜馆！”

我顿时对这位其貌不扬的男人敬佩起来。他的表情，那么骄傲，真心觉得自己做的是一份大事业！

“其实，只要我按照自己的想法，坚持了。行不行，大家是知道的。这才不到一年的时间，我的生意越来越好。每天中午和晚上，不预订都是吃不到的。大家都开着车来吃。店不必开到城里，生意也很好！”

太阳落山前，将光线投向土墙的一角，大鸟在树枝跳跃，野草葱郁，闻着植物和泥土的香气，喝饱了鸡汤，就着炒肉吃完了一碗米饭，剥了一个香甜的玉米，老板娘又端上了一碗暖香的甜酒炖蛋。有滋有味的“土菜”晚宴圆满结束。

要给钱，不收。说城里那位朋友已经叮嘱过了，不能收的。

一顿饭，把人的心吃温柔了。

临走时，那位朋友还送了我几个鸡蛋，“今天刚捡的，带回去，炒，或者蒸一蒸，都挺好。记住，除了一点盐，其他什么都不要放！”他认真叮咛道。

我连连道谢，像收什么宝贝似的，收好几个鸡蛋，坐飞机去了。

就因为这些，时常还想去广西出差。

< 36 >　轻 松

在复杂的世界

做一个简单的人

怎样让自己活得轻松？

首先给身体减轻负担，吃八分饱，少吃油腻。让身体轻松。

不胡思乱想，睡觉清甜。即便有钱，也不买大房子，只开小排量车子，这样衣食有余，心里不慌。

做自己最轻松。知道什么样的自己是最美，不活在别人的标准之中，不在乎别人怎么看，不赶潮流，欲望就不强。

穿舒服的衣服，自由自在。

穿舒服的鞋子，走路轻快。

做好眼前的工作，不争不抢，下班就回家，有时间享受悠闲的时光。

只和喜欢的人打交道，和有趣的人交朋友，找生活中的良师益友，少和爱抱怨的人扎堆。尽可能和过得好自己生活的人在一起，这让人在潜移默化中受益。

勤于阅读和思考，不人云亦云，心里有明镜。

避开没必要的应酬，不给自己灌进无谓的酒水和餐食。

接受他人的关心和爱，自然而然地爱别人。不刻意冷漠，也不过分热情，不承诺做不到的事情，心理上没有负担。

很少为过去的事情懊丧后悔，想起的都是美好。内心平静，舒畅，不因缅怀而神伤。

有多少钱，过什么样的日子。不欠债，才心安。

脚踏实地地生活，不妄想，不强求。坦然过好每一天。

在复杂的世界，做一个简单的人。

< 37 >　过 去

孤独的孩子

提着易碎的灯笼

一个人，活到了一定的年龄，就应该找一个安静的时间，把过去的事情拿出来，好好整理整理。把自己分身出来，坐到对面，好好看看自己。

正如需要勇气面对未来一样，我们也需要勇气来面对经历过的事，直面、反省和思考。

你的经历，早已是你身体的一部分。

在那些时候，你可能不会知道，在将来的某个时候，你会为此感叹。

你所经历的骄傲，快乐，伤心，叹息，振奋，失落，怀疑。

你会发现自己，竟然历经沧桑。

你想微笑，却很难看。

总结自己的过去，会发现，最难堪的是，多年以来，一直活在对欲望的追逐之中。

走过了一程，还有一程，完成了一件，还有一件。

每一个人，都会有一段时间，无法处理好和欲望的关系，过得混乱而疯狂。没有一天是安宁的，心，总是被莫名的焦躁占据，还时不时被来路不明的忧伤所困扰。有人说，这就叫“青春”。

青春，总是在你觉得它似乎还很漫长的时候，戛然而止。

某一天，你会发现，自己开始变老。

这个时候，你还会发现，一个人，不见得年纪大了，就更有力量。不见得走过很多的路了，就更懂得生活。

于是选择了逃避，别人怎么过，我就怎么过吧。

过去，是一面镜子，能让人在迷雾中看清自己。

看清自己的软弱和空虚，自欺和浅陋，无知与脆弱。

漫长岁月，证明了什么?

回望过去，发现自己，无非就是渴望爱。

而人生，无非就是——“孤独的孩子，提着易碎的灯笼”。

不如找个时间，面对自己，想想过去。找一找那些仍让你心动的瞬间。找到那些难得的初心，最早的愿望，看看还有没有机会去做些什么。

我依稀在迷雾中，能看到一点光。这让我能面对所置身的生活，再次毫无保留地投身进去。

< 38 > 湿润

阴沉的天，白天似黑夜，却莫名地安全感十足。

在隐约地，盼着。

终于，玻璃窗上滴落了第一滴水。

然后，就开始了。

滴答，滴答……哗啦啦。

这个世界，其他的声音，就一点点地被溶解了。

铺天盖地的雨水来了，世界，变得慢、清、净。若在工作，外面下着雨，在屋子里更能安心做事。只是有声音把心晕染，做出来的东西，总是带着那么一点情绪。

若是在路上，要小心滴落在叶片上又四分五裂溅到脸上的水。一种冰凉的惊讶。

雨滴落在花上，树叶上。知道明天会有花瓣、叶子落一地，被环卫工人扫走，或者，被车轮带走。

爱雨的人都不爱带伞的，斜风细雨不须归，淅淅沥沥，凉丝丝，微寒，心静，有时会故意绕个弯路。雨大了，就在屋檐下躲一躲，尽情吮吸泥土的香气。

若是在家。

一个人的房间，会更加静。

而孤独，在那一刻，那么模糊不清。

沙发上的毛毯，是雨天的绝配。冰箱里有什么就吃什么。

泡一壶茶。洗一个热水澡。雨，有时会让人情不自禁，回忆泛滥。想起一些远去的人和事，需要一首单曲循环。

来啊，情绪，来它个酣畅痛快。

若住高楼，看雨中的车来车往。车轮与尘嚣，被温柔淹没。慢慢地，淡淡地，浇灭了所有的浮躁。可能会有些悲伤。

而空气，很润。

若是雨大，适合裹一床被子。有人陪着最好。

爱雨的人，听得出雨丝、雨点、雨滴、雨水的区别。

克制得住即便倾盆暴雨，也想跑出去的冲动。

还有一种心情，叫暴雨将至。

< 39 > 独行

与整个世界擦身而过

独行是欢愉的。

那一刻的心情，无人能懂，也不在乎，是否有人懂。

我曾对一位本不是很熟的朋友说过，独自行走的时候，最能找到自己。

他深以为然。

然后，我们成了挚友。一年不常见，一年微信上留言不超过三条。但在我心里，他是好友。

我经常独自行走时，就会想起他。

他是一个大企业的高管，却爱在密集会议的间隙，或者午餐之后消失一阵儿。

是去公司附近的城墙根儿下溜达去了。一个人，像一个孩子一样。

溜达完了，又回来继续开会，面对堆积如山的表格和数据。

他活到快四十岁，还有张二十多岁的脸。这跟溜达，有很大的关系。

总有属于自己的那一点时间。去关照自己，做点最简单的事情。

街，公园，巷道，天桥。

人群接踵。流光浮影。

呼吸，与被吹动的头发。

在路边的玻璃窗照见自己。

有时会笑，想起了什么。有时会黯然垂泪，那是不希望被人打扰的悲伤。

又该怎么去看那种孤独呢？迈着冷静的步伐，送给路人最友善的目光。

怀梦的年轻人，脚步匆匆，叽叽喳喳，最爱拉帮结派。独行的人心中也有梦，梦沉寂在心里，很深。

有时，会感觉自己走在一座空城里。希望能一直走下去，漫无止境。

没有流离。没有等待。

没有语言，也无须解释。

在喧嚣的世界里，就因为能给自己一点，谁来也不交换的时间。敬重自己。感谢自己。

如果因为什么事而纠结不堪，出去走走，也就放下了。

< 40 > 祝福

心里不带着任何怨恨地走下去

也是对自己最大的照顾

那个女孩真的很痛苦。几乎到了每天不能吃不能睡的地步。因为她和相恋五年的男友分手了。分手的原因是，他红了！

他们俩我都认识，在他穷困潦倒的时候，她是家境殷实的大学毕业生。她的父亲反对他们在一起，不止一次地到北京来想把她带回去。她每次都躲到我这里来，爱得热烈而坚决。

在那些因为躲避父亲而与我深夜聊天的日子里，我不止一次给她打气："他，是个有才的人，早晚会成大器，你只管耐心地等。"

一对年轻的恋人，住在北京的胡同里，冬天没有暖气，相拥着取暖。女孩努力工作，接活加班，就为了给他买一件足够御寒的羽绒外衣。而他一直都没有去上班，他喜欢音乐，喜欢写歌，他给她写了好多歌。

仿佛就在一夜之间，他就红了。他给她写的歌，被一个明星买去唱了，然后有电视台挖掘到了他俩的故事，请他去演唱，请他俩去做嘉宾。他俩一遍又一遍被请去讲述这段本不起眼却动人的爱情。

唱他俩的歌的人，越来越多了。

那首歌，被很多人设置成了手机的铃声。

他还出了书，也是关于他俩爱情的。

他有了商业演出。

终于，他俩可以搬进有二十四小时热水的房子。

接下来，我想，该等着他俩的喜讯了吧。

谁知，却是分手的消息。

她说，他红了，就变了。

过去，他会在她下班的路上等她，回到家给她做饭，陪她看看电影聊聊天。现在，他的应酬太多了。每天都有人请他吃饭。

如果仅仅是忙碌，也没什么。重要的是，有一种东西，在慢慢地改变。他对她的关心、关注，再也不如从前。热烈变为冷漠，亲近变成疏离。

每天晚上，他都回来得很晚，如果她在卧室睡着了的话，他就会在沙发上睡到天亮。

每次演出完了，总有很多的女粉丝在门口等他。你知道的，有种女孩子，总是疯狂主动且毫无顾忌的。当她第一次发现，他留下了女粉丝的电话，就质问了。他觉得她小题大做，由此，发生了一次严重的争吵。

他已经不太愿意再在媒体面前提起她了。有人问，他就会说，我们可以谈点别的，比如，我的新歌。

但他同样会在和她分手时，一再交代，短时间内，不要告诉任何人分手的消息。因为，他是因为这段感情而火起来的。他不想让粉丝们失望。

为什么，为什么，为什么？她问了我十万个为什么。

那时你告诉我，他一定会好起来。

现在，我宁愿跟他过苦日子，也不愿意如此不堪地被抛弃。

我对她说："你没有被抛弃。只是，在你们之间，爱的本质变了。"

我们不能不接受变化。再不甘心也没有办法。

人，总是有弱点的。

在他那些黑暗的日子里，你是他的珍宝，但当他冲破了黑暗，打开了那扇大门，你的光彩，就暗淡了。

有一种人，会珍视自己的过去，会珍惜每一个陪伴过他的老朋友。而有另外一种人，他永远想甩掉过去。

很抱歉，你遇见了后一种人。

当他红了，世界宽了，机会多了，他自然想活得更精彩一点。所以，他会想甩掉你。

他是人。

人会变。

这是你必须接受的宇宙真理。

你要想骂他人渣，我没有意见。

但是，我要对你说的是，如何让自己好过一点?

想想你们曾经相爱的日子，那么幸福，美好。忘不掉的那些，都好好记着吧。

那时候，他是真的。就好好记着他的真。

而那些最让你不甘心的，你对他的付出。你当时，是心甘情愿的，对不对? 甚至，是不求回报的。

那么，就别怨恨了。你曾经是愿意的。

爱一个人，就是希望他好。

他现在好了，也使你的心愿达成。

告诉你一个秘诀吧。

我也曾和你一样，为别人付出，落得个不被人理解，背叛，甚至被埋怨的地步。

那种内心扭曲而痛苦的感受，我真的感同身受。

但是后来，我为了让自己好受一点，我改变了一种想法——将对他的怨恨，变成对他的祝福。

祝福。

只是这么一个小小的改变。

立马让我心里舒服多了。

内心足够宽广强大的人，是能够完成这样的转变的。

没有谁能陪伴谁一辈子。能走过一段，已是福分。

不要再去把那些辜负、遗弃、背叛，挂在心上。只是真心地，祝他好吧。

今后的人生，可能再无交集了。

能听见他过得越来越好，总好过听见他遭遇不幸，不是吗?

因为懂得祝福。

即便受伤，也很容易复原。

重要的是，告别之后，走好自己将来的路。心里不带着任何怨恨地走下去。也是对自己最大的照顾。相信我，不带怨恨的女人，是平和美丽的。

做一个内心有善意、有力量的女人，就能笑对这一切。

< 41 > 错觉

没有人可以保证

你的一切想法都是正确的

小卓终于有女朋友了。

他带她来参加我们的聚会。

是个白白净净、眉眼秀气的姑娘，一看，就跟小卓很般配。

一般第一次见面，大家都会好奇地打听："你俩是怎么认识的？"

姑娘羞涩地说："其实，我们三年前就认识了。"

噢！我们起哄："三年前就认识了，怎么没好？"

姑娘说："那时候，我们相亲了一次，我感觉还不错，但是不知道为什么，他见了一次以后，就再没了联系……"

"小卓！小卓！咋回事你？！"我们又凑过去审问。

小卓拿着筷子，慢吞吞地说："那时候，我不是……胖嘛！"

三年前，小卓确实比现在胖很多，他有一个先入为主的想法就是，女孩子们都不喜欢胖子。所以，第一次相亲，他见到这么漂亮的姑娘，就认为：她肯定不会喜欢我！

所以，他就没太敢表现自己，故意和她保持了距离，相亲结束后，再也没有主动和那位姑娘联系过。

后来介绍人还来问过他怎么样，他说，还行吧！就完了。

其实呢，人家姑娘就看上了他话不多，感觉不错，本来有意接着发展，无奈他不再和她联系，她一个女孩子，总不能上赶着吧！所以，也就放弃了。

生活，其实很难解读。

不可能每一件事情都判断对。

很多时候，我们过分依赖既定规则和言辞，他们说，女人不喜欢胖的男人，就以为，事实就是那样。甚至夸大错觉，过度解释，放任了自己的自卑和不安全感。

错觉，让人消极被动。

习惯性在前进和撤退之间，选择撤退。在悲观和乐观之间，选择悲观。

每个人对于自己，对于生活，都有自己的错觉。固定和惯性，会将他牢牢套住。如果不了解这一点，就会越来越狭窄，选择越来越少。

生活，错综复杂；未来，茫然未测。

就这样，不自觉地，陷入困境之中。

还好，有些人，是幸运的。

小卓在经过了数年数十次的相亲失败后，决心减肥。

每天不吃晚饭，骑车三十公里。用惊人的毅力，减下来三十斤。

整个人都精神了许多。

这时候，他和姑娘又相遇了。

在一个胡同里举办的沙龙里。

是他先把姑娘认出来了，就主动上前打招呼。

这要是没瘦，恐怕都不敢上前了吧！

姑娘感到惊喜，和他再见钟情！

在餐桌上，他给我们发了喜帖，邀请我们参加他的婚礼。

我们说，你看看你！早几年自信一点，现在都邀请我们参加娃娃的百天了吧！

姑娘嗔责地笑着说："就是的！"

这是一个有着美好结局的真实故事。

有时，时间会证明你的想法是错的。

但大多数时候，你可能真的就此错过，再无机会。

没有人可以保证，你的一切想法都是正确的。

我们之所以选择阅读，看看别人的故事，是希望看到他人对人生有不同的经历和解读，能帮助自己留意到错觉的存在。

碰到大大小小问题的时候，不妨多思考一下，告诉自己，这有可能只是我的固执看法，是种错觉！

不要再相信自己的惯性思维。

重新检视和改变一下行为模式。冲破它，人生就会大不相同。

< 42 > 对饮

和知己对饮，是很好的事。

所谓知己，就是在你去赴约之前，不用考虑衣服打扮的人。

面对面坐着，是彻底的放松。不会顾虑会不会失态。

若醉了，一定会有人送你回家。

不是嘻嘻哈哈的酒局。

两个人，可以花生米，毛豆，泡椒凤爪，也可以芝士，火腿，一大盘烤腰子。

冬天在小酒馆里，暖意融融。

夏天在马路边，烤串，冰镇啤酒，尘嚣和白烟。

微醺的感觉来了，眼角眉梢红起来。这个朋友真好看！

酒中真义，就是一个情字。

喝什么，真的不重要，和谁一起喝，才重要。

细斟，慢饮，不劝。

可畅谈，可絮叨，也可沉默。

聊什么都可以。心情好时，千杯少。情绪不佳，慢慢抿。一言难尽，就干一杯。

喝完了，再见。下次再聚。

明天，依然要各自去面对生活。

今天，我们好好地喝一点。

< 43 > 各自

即便是夫妻，也是各自。

你是你，我是我。

时时刻刻黏在一起，没体会过。

各干各的，是婚姻幸福的秘密。

中午出去吃饭。

他说想吃刀削面，我说想吃米粉。

那么，他就开车送我到米粉店，我下车，他继续前行，去街对面的面馆儿。

我先吃完了，就去找他，他先吃完，会来找我。

一顿饭解决了。各自满足。

而不是坐在车里争吵，你迁就我，我迁就你。

度假，在马尔代夫的小岛。

他想去打沙滩排球，我想躺在躺椅上看夕阳。

一辈子都不会忘记
那晚的星光

他想去浮潜，我想去钓鱼。

那就各干各的喽，都能耍得高兴。

不一定要像那些度蜜月的夫妻，无时无刻，都在一起。

钓鱼回来，我晒得浑身通红，碰一下就疼，他带我去看了医生，听从建议，将大浴巾打湿，然后放进冰箱里，过一会儿拿出来，敷在身上，果然舒服了好多。

躺着躺着，我就睡着了。

等我醒来，已是深夜两点。被窝旁边，空空荡荡。

阳台门开着，纱帘随风飘荡。

我光脚下床，轻轻走了出去。

他还在露台上躺着呢！面对着印度洋的海水，漫天的星光。

我走过去，躺在他身边，也吹着那风，不说一句话，他把耳机取一只，塞在我耳朵里。

一辈子都不会忘记，那晚的星光。

所有 选择的 结果

< 44 > 自助

自己 承受

与别人 都没有 关系

生而为人，只有在婴儿时期，是彻底地需要他人。

在非常短暂的幸福时期过后，就会知道，要永远地依赖别人生活，根本是不可能的。

自己解决自己的问题，是长大的必修之课。

这是因为人生，真的是残酷的。

没有人能陪你走过一辈子。

再亲的人，也无法体会你真正的伤痛。

那些曾经围绕在你身边的人，终将散去。

没有人能为你保守秘密。

也没有人有义务来安慰你。

因此，人，自己要照顾好自己。相信自己，坚持完善自己，自己的事自己做，自己的心情自己体会。伤了心，自己化解。你所有的困境，即便能得到他人的安慰，最终还得靠自己挺过去。

所有选择的结果，自己承受，与别人都没有关系。

做到这些，并不伟大，只是完成应该完成的任务而已。

终有一天，你会发现：自助者，天助，人助。

尝过了百般滋味，扛住了以为扛不住的苦和累。

内心的强大，也是这样炼成的。

< 45 > 坦然

高兴时，就大声笑

悲伤时，流下泪水

我最初当编辑时，有很多次，需要去见大作者。

其实我心里是很紧张的。因为大作者，足够大。而我自己，只是一个小小的新人呢。

当我拿起电话时，我对自己说，坦然一点。

我紧张，可能是因为自卑，觉得自己水平不够，怕露怯。

但是，当决定坦然的时候，心就宽多了。

不管我是什么样的水平，至少我有跟人平等对话的权利吧？不管多大的作者，都是需要一个好编辑的。如果我的选题建议能对他有好处，总是能够谈一谈的，对吧？如果，真的是因为我的水平不够，而没有达成合作，那么，也是一次觉察和改进的机会。

就这样，我拨通了一个个电话，由于内心坦然，大作者们并没有我想的那么可怕，他们都很礼貌和气，愿意合作。

所以，活得坦然的人，内心最轻松。

笑起来，干干净净。说什么话，清清楚楚。

内心坦荡的人，认认真真的。拥有单纯的幸福。

在不顺的那段时间，内心坚定，等待转机。

得意的那段时间，能保持一份本色。

心境，永远不会大起大落。

高兴时，就大声笑。悲伤时，流下泪水。喜欢谁，就大声说出来。不藏秘密，内心从不惶恐。

不是没说过什么谎话，只是，刚开口，自己都慌了，以为别人已经知道了。

生活词典里，没有“不安”两个字。

平常心，应对人生起伏。

直面自己内心里与生俱来的笨拙与自卑。不聪明，但诚恳。直面犯错。

从不故作优雅，装扮出成熟的样子。

有足够的勇气承担。自由，洒脱。能够看透，但不说破。

即便饱经沧桑，也有一颗赤子之心。

< 46 >　日落

很难说清楚

那种感觉

我看《小王子》。

他一天看四十三次落日。

我想，他一定是个惆怅的人儿。

有很多年，只要太阳一落山，我的心就会被一层愁绪所覆盖。

很难说清楚，那种感觉。

落日，为什么会让人忧伤?

也许是因为，即将来临的黑夜。

落日下的飞鸟，去往家的方向。

而我们，在漂泊。

后来我的经验告诉我:

看落日惆怅这种病，

结一次婚，就好了。

< 47 > 无执

坦诚

永远是　消除固执的　最佳途径

毁掉生活，最容易的办法，就是固执己见。

我一再劝说自己，千万不要做那种，觉得自己永远百分之百正确的人。还有那种，在每一场争论中都一定要取胜的人。很可怕。

你和世界的柔和关系，是建立在一种开放的心态上的。用可调节的心态，来衡量各种标准和关系，永远不要太绝对。

不是自己想听的，就拒绝。长期这样，会变成一个封闭的人。越封闭，越固执。固执的人，让人想远离，自己心中也不痛快。

这个世界，能够“秒懂”你的人，真的太少了。太多人，都低估了“他人意见”的重要性。要做一个能够和他人交换意见的人，能接受各种“不一样”。

坦诚，永远是消除固执的最佳途径。要敢于信任他人，适应一些不适的状态。这些做到了，也意味着一种进步。

固执，是天性预埋在我们身体里的东西，也许不能做到彻底根除。

至少可以越来越少。

< 48 > 放弃

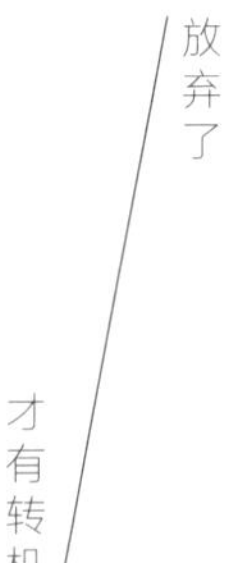

一个女孩，智商、情商都很高，长得也漂亮，嫁了一个好老公，生了一儿一女。

就是，单位工资不太高。

不甘心啊，觉得自己这么年轻。

于是，她辞职了，在老公和家人的支持下，开了一家甜品店。

筹建过程是辛苦的。为此，她还将两个孩子送回了老家。

各种事情亲力亲为，每一个细节都不放过。

终于，漂漂亮亮地开业了！

她充满了力量和信心，同时又诚惶诚恐。生怕做不好，让原单位的人笑话。

小店的生意却不是很好。

这是个爱吃拉面和饼子的城市。小西点，卖得没有她期待的那么好。

她并没有放弃，做了好多努力，

努力改善甜品的口感，迎合本地人的味觉，还注册了微信公众号招揽粉丝，请媒体朋友帮忙，花钱在各种美食平台搞试吃活动……

生意始终没有好起来。

开业这半年，她心力交瘁。

心里想孩子，想得要命。

她在微信里对我诉苦，马上要交下半年房租了，要坚持不下去了。

我问她，你总结过生意不好的原因没有?

她说，当初选址有点问题。其次就是，西点消费群确实小。现在最大的压力就是前期投入还没有收回来，马上又要交好几万的房租。

我说，如果感觉不对，就放弃了吧。生扛，只会越投入越多。

她说，也想过放弃。但是心里不甘呀！失败了，别人会怎么看?

我说，别人怎么看重要吗？重要的是，你做这件事，给你的生活带来了什么。现在，你的付出没有回报，累，忽略了孩子，并且还要继续投入大量的钱。如果，你知道是方向不对，那么就不应该在这条错误的道路上继续走下去了。可能会赔一点。但是，赔得会让你卖房子卖车吗？不会。会让你买不起明天的菜吗？不会。那么就认了，人生不可能万事顺利，做啥啥成。至少用钱买来了经历和经验。

谈话结束时，我对她说，放下自己的不甘心吧！有时候放弃了，才有转机。

女孩听了劝说，及时放弃并转让了这家小店。

她接回了孩子，修整了一段时间。

然后，重新选址，找了一个写字楼云集的地方，一个小小的店面，开了家卖甜点的咖啡馆。因为有之前的失败经验提醒，她做出了各种正确的选择。小店，很快盈利了。并且，把之前赔的都赚了回来。

重要的是，她这次没有把孩子送走。

她雇了一个店长，帮她把店照顾起来。尽管可能会分走一部分利润，但是，通过上次的开店，她明白了，钱，可以花掉，可以赚回，但是孩子的成长只有一次，陪伴自己的孩子比任何事情都重要！

如果当初她没有放弃，现在可能还在苦苦挣扎。不断投入，不断劳累，心情压抑，一无所获。

她请我吃饭，说感谢我提醒她放弃。

我说，不用谢我，其实你心里早知道该怎么选择了，你只是需要一句话的推动而已。选择，还是你自己做出的！

每一刻，我们都面临很多很多的选择。

及时选择放弃，坦然接受失败。

也是一种重生。

< 49 > 进 步

我

不敢

放松

去一个朋友家做客，她的父母热情好客，和我们谈天说地，好不融洽。

出来后，我说，你爸妈真年轻！

朋友说，是啊！他们永远有一颗寻求进步的心——那真是绝对的，保持年轻的秘诀！

她的父母，在她很小的时候，在大家都还不敢听邓丽君的歌的时候，他们学会了跳交谊舞，在大家都在穿“的确良”的时候，她的母亲学会了化妆。每天晚上，一家人不看电视，在灯下看书，写毛笔字，下棋。为了出国旅游时方便，她父亲在五十六岁的时候开始学英语，她母亲五十六岁自学拼写打字，学会了发短信，用微博、微信，最近又迷上了画《秘密花园》。

个人成长这件事，不能因为年龄增长而停止。

学习，并不是一件苦事。它其实就像是一场游戏，让我们随时充满着新鲜感，在面向未来的时候，能有更崭新的感受。

可以学习的东西太多了！哪怕只是养花种草，织毛衣。

我们每个人每天都在不断重复过往的体验。保持一颗追求进步的心并行动起来，让心变宽了，困惑变少了，经验丰富了，脑子更灵光，对自己的信心会提升很多。

我不敢放松。

每年过年给朋友们的祝福短信，不是恭喜发财，不是万事顺意，而是：

祝你，新年进步！

< 50 >　方向

一个人

要经历多少弯路

无眠

困惑

痛苦

才能最终脚步坚定

亲戚的孩子高考完要报志愿，打电话来咨询我。

我说，专业不重要，方向最重要。

她问我，方向在哪里?

我说，我也不知道，要到你的内心去找。

在年轻的时候，大多数的苦恼和恐惧，都源于没有方向。

我是谁?

我想做什么?

在做什么?

能做什么?

想想自己，在二十几岁，最害怕的，不是吃不好，穿不好，不是住地下室，风吹日晒。而是那种内心空荡荡的感觉。暴雨打在我的屋顶，心中一个大黑洞。那是一种没有出路的感觉。那几乎摧毁了我的青春。

幸运的是，我一直在寻找。

可能几度走错，但还好，还转得了身，掉得了头。

无论如何，也要找到它。

有时候，不小心进入了不属于自己的，他人的队列，我能及时抽身退出。

方向，不是人多的，就是适合的。

一个人，要经历多少弯路，无眠，困惑，痛苦，才能最终脚步坚定?

当方向明晰，内心终于坚定。

当方向对了，你会觉得，一切都顺了起来。

十年以后，你不会觉得遗憾。

所谓成功，无非就是，在一个正确的方向，用一个让自己舒服的速度前进。然后，用满足之心，收获多少是多少。

< 51 > 空耗

时间被耗住

内心很悲哀

再不愿意空耗自己。

为了一份奖金，在想要逃离的岗位熬到年底。

为避免剧烈的冲突，和一个不再相爱的人消磨青春。

浸泡在吃喝玩乐的圈子，以为这就是人生。

早已经想起身，离开酒桌或者电脑，但还坐着。

深夜三点，眼睛红着，熬着。

时间被耗住。

内心很悲哀。

可以不这样。只需起身，离开。

走吧！去做你真正渴望做的事。

< 52 > 优美

用一种优美的心态来养花

过年前，我给公公婆婆买花送去。

在植物园，花农向我推荐节庆最好卖的蝴蝶兰，开得浓烈的山茶，或者象征发财的金橘树。我却看上了两株墨兰。

这两株墨兰，叶片优雅，姿态清丽，开出的花更是别致灵气，最重要的是，香气不浓郁，很适合有老人的家里。

花农说，这个花看着好看，可娇气，不好养啊。

我说，没关系，我公公婆婆懂养花。

两位老人，都是性情恬淡的人，有闲情，有时间，最能细心照顾植物。我的公公还特别善于将枯黄将死的植物救活，让它变得比过去更加枝繁叶茂，生机勃勃。

他给我传授的秘诀就是，要了解每一种植物的性情，不要着急，着急让它长大，着急让它开花，也不要只是一时兴趣，几天忘记浇水，想起了又一顿猛灌，很多花都是浇死的。

“要平常又轻松地，用一种优美的心态来养花。”

在一年的初始，新添两盆植物，用一点时间去照料它们，这种感觉是很美好的。

我付了钱，花农骑着三轮车，把花送去了。

半年过去了，我路过植物园，顺道进去转转。

花农见了我，居然还记得，问我:“给你爸妈送的那两盆兰花怎么样了？”

我说："被照顾得很好呀，在客厅，早晚阳光，七分湿润，叶片又发了新的，精神得很呀！"

花农说："不错不错，等到春天又会开花，花会一年比一年开得好的。"

< 53 >　土 地

孩子一天天长大，开始需要抱在怀中，后来慢慢能趴着，坐起来，现在，她四肢着地站起来了，摇摇摆摆地，走了起来。

在小区的花园，她经常想坐到地上玩，阿姨想制止，怕把裤子弄脏。我说，她想在地上玩，就让她在地上玩吧。

随着她的长大，我开始考虑换房子的事情。

我们现在住在七楼。

我想搬到一楼去。

住一个有花园的，能看见土地的房子。

一个不需要太大的花园，推开阳台门就可以走进去。接一根水管到这里，再放一个小马扎。

不要玻璃房，也不要搭棚子，阳光雨露随意进来。

把泥土刨松，种一点蔬菜和花草。

带着孩子给它们浇水，一起蹲在地上看植物的芽从地里冒出来。

每一天，都去看看它们的变化。

开花了，结果了，亲手摸一摸，亲口尝一尝。

手脏了，就去水管下洗一洗，困了，可以搬把椅子躺下，眯一会儿。

在城市里，找到一个这样的房子不容易。很多人有了花园，就不愿意再搬。

我仍然在找，为了一个爱阳光、爱玩水、爱土地的小孩，也为了自己。

将来，她是否成绩拔尖，功成名就，我并不看重。只愿她是一个亲近土地，懂得植物，热爱阳光，随时随地能找到小快乐的人。

<54> 劳作

懒，是最不费力的

但结果，是最费力的

前段时间，心里很不安宁。因为写作遇到瓶颈，还有懒惰作祟。

晨乏，午困，晚上清醒。几乎整天都在睡觉。

若能心安理得，也就罢了。其实心里很焦灼。

懒，是最不费力的，但结果，是最费力的。

两个选择清醒地出现在面前，我是个对自己诚实的人。

要么继续懒惰并焦虑下去。

要么别睡了，起来，动起来。

我去帮弟弟送外卖了。

早晨，还帮他去买菜。

七八月份，天亮得很早。被闹钟惊醒，出于惯性还想躺倒再睡时，心里有个声音响了起来：速速行动！速速行动！

然后就翻身而起。不要给自己和被窝缠绵的时间。

洗漱完之后，走路去菜场。

面对那些还带着露水的瓜果，残存的困意顿时消散了。

摸一摸，掂一掂，选一选。很快就买了几大包菜。

因为买得多，菜摊的老板会骑三轮车帮我载回去，我可以蹭他的车，坐在三轮车的前面，老板的旁边。座椅垫子会有些泥土，我从来不掸。

最喜欢雨后坐三轮了。

抱着我的双肩背包，在冰冷湿润的空气中前进。那些蔬菜在后面的车斗里蹦跳，后视镜里，这个城市才刚开始苏醒。

做小餐食外卖的弟弟接过菜，就开始忙碌。我在旁边帮个小忙。

刮刮土豆皮，剥剥蒜头。

刮土豆的小刀划过土豆皮时有一种奇妙的快感，很快，灰不溜丢的小东西，就变成白胖美。

剥蒜会有些慢，但是把小小的蒜粒放进压蒜器的那一瞬间，是相当有快感啊！

弟弟做出来的小菜很香，有时，会忍不住先拿点来吃。吃饱了好送餐嘛！

手臂上抹好防晒霜，戴好帽子，把自行车推出去，清点餐食，拿好小票，再戴上耳机，我出发了。

价格便宜的永久牌自行车，很好骑。拐弯的时候，很顺溜。

耳机里放的是 Sting。

在大街小巷穿行，心里很愉快！

那时是夏天，太阳暴晒，到了订餐客人的家门口，T 恤背心已经被汗水打湿了。

按门铃。

点餐的人都很友好。

微笑，交接。

一声“辛苦了”，让人觉得心里舒服。

有一天，接错了单。将“在水一方”小区，理解成了“碧水蓝天”。

客人在得到“能送”的回答以后，马上付了款。

拿出手机一查地图，我的妈呀!

“碧水蓝天”确实就在附近。

而“在水一方”，在十二公里之外。

但是既然收了钱，就得给人送过去。

检查了车况，车筐里再放上一瓶一升装的矿泉水，戴上墨镜和耳机。带着这盒三十五元的小菜，我又再次出发了。

拐个弯儿，沿着北京路，一路向东。

烈日当头，向前，向前。

十二公里，究竟是个什么概念，不是很清楚。我只管往前蹬，总能到达，对吧。

骑了很久，在我的判断里，已经很远了，应该差不多了，该停下来问问路了。

请问，在水一方小区还远吗?

路人的回答，让我大跌眼镜:

从这里，继续往东，走……一、二、三、四、五!五个红绿灯!然后再右拐，走两个红绿灯，然后再左拐，走两百米，然后再右拐，就到了!

我又继续向前。

终于到了目的地。

T恤衫湿透了。

哇！真是够远啊！还没来得及抱怨，突然有了惊喜——这个小区，开满了各种颜色的芙蓉花。尤其是在订餐客人的楼下，小径曲折，被花丛包围。

停好车，按门铃，送上楼。

门开了一条缝，里面是个面容清丽的姑娘，穿着睡衣。

一只小猫从门缝里钻了出来，好奇地打探我的球鞋。

谢谢！再见！

我告别了客人和猫，回到了楼下。

现在，是属于我自己的休闲时间了！

我坐在芙蓉花丛下的台阶，抱起水瓶，痛快地喝上一通。

然后点上一支烟。

还有小风，真不错。

咦！脚下还有一团马上要飞起来的蒲公英。

这感觉，哪像是来送餐来了。

分明就是一趟骑车的旅行。

如果不来送餐，怎么会知道在这个城市的东边，有这么一个漂亮的小区呢？

休息够了，我也该回去了。

北京路很直，大团大团的云朵在天上飘。

回去的路程，总是比来时快的。好多出过门的人，都知道。

当天晚上，我十点半就睡了。

过去，还早呢。

经过一晚深度睡眠。

第二天，仍然到点就醒了。

由于休息充分，一点也不感觉疲倦。昨天，可是骑行了二十多公里啊！

我选择将身体交给劳作，就是因为，劳作是将一切变好的最根本行动。

每个人都可以活得很好，如果你在想改变的时候，做出了改变。

每个人都可以过得很坏，如果你总是迟迟不前。

在家睡觉，和骑车上路，时间都是要流逝的。本质没有太大的区别，都是度过生命的方式。

但是劳作让我心不慌了。

大概一个月以后，我突然很想写东西。

我就骑车回家了。

那天我写了很多，很好很顺利，终于冲破了瓶颈。

我知道，状态又回来了！

劳作，是良药。

<55> 少食

一个朋友瘦了，之前一百八十多斤，现在一百四十多斤，因为他个儿不高，所以，再次见面差别真的是蛮大的。

我知道的是，前些年，他为了减肥吃了不少的苦。他母亲热爱中医，看了很多的养生书籍，听了很多的讲座，然后用这些知识一一在他身上去实践，各种草药、针灸、拔罐，绞尽脑汁，一试再试，除了隔三岔五就看他身上青一块儿紫一块儿之外，从来没看他瘦下来过。

所以这次真的见他瘦下来，吃惊不小。问是怎么减的?

朋友淡然地说，轻断食，少吃点。

有些像道家的辟谷。

辟谷修行，最重要的不是“断食”，而是“断欲”。

要彻底改掉爱吃的心境。

从心里不想吃。

“如果只是给自己制订一个计划，心里明明想吃得不得了，却又要严守纪律，这样的控制往往是坚持不了多久的。忍，能忍多久？而，如果从内心里不想吃了，断了大吃大喝的欲念，事情就好办了。”这位朋友说。

过去，我们老在一块儿吃饭，我知道的，他热爱美食，而且喜欢吃的东西热量都高，油，甜，烫。跟他在一起吃饭，总是不知不觉地吃好多，因为任何东西到了嘴里，都觉得奇香无比，明明肚子已经吃饱了，但是嘴还想吃，嘴想吃，肚子总能装得下。

就这样，越吃越想吃，越吃越胖。

我自己也暴饮暴食过，知道那其实是因为内心有一个大洞。不停地吃，就是为了去填补它，并不是真有多饿。忙的时候要吃，闲下来更要吃，心情不好要吃，心情好了更要吃。孤独的时候，想吃，人多的时候，越吃越想吃。

而生活中，真的再也找不到比美食更有趣的事了吗？

每天吃的那些东西，真的是自己身体需要的吗？

那么油腻的东西，那么多盐和糖，从嘴里吃下去，全成为身体的负担。如果没有被消耗掉，就成了脂肪，让人身躯沉重，变丑，还让人因为心理负担过重而心情低落。

人要爱惜自己。怎么能忍心让自己的身体，去负担那么多？

终于有一天，醒悟了，要通过节食，来改变自己的生活。

首先要做的，就是放下对食物的执着。

在咨询了营养师之后，制订了轻断食的计划。

周一到周五，不吃晚餐。周六，全天只吃早餐，午餐和晚餐用蜂蜜水或者果汁、蔬菜汁代替。周日可以完全随心来吃，但是，不能暴饮暴食。

早餐，吃饱，保证足够的营养。有应酬，可以安排在中午。即便吃多了一些，也有下午的时间可以用来消化。控制晚餐特别重要，尽量过午不食，或者吃点水果，喝点酸奶，不饿得慌就可以了。

就是这么简单，没有刻意地绝食。

渐渐地，从自己的毅力中体会到快乐。从一点小快乐开始积累，慢慢习惯于这种快乐，主动地寻求，不知不觉，不健康的生活方式就被扭转了过来。

欲望，真的是可以通过修炼慢慢减少的。

首先，让自己可以得到“满足”的方面宽一些，不要仅仅以吃作为人生的唯一乐趣。

轻断食的好处还在于修炼了内心。吃得少了，脑子也更清醒了，精神状态更活跃。集中精力，持之以恒。少吃了，收获的不仅仅是体重减轻。身体会有从外到内焕然一新的感觉，有助于改善情绪，让人心态平和。

不要觉得这是一件苦事，需要你饥肠辘辘，拥有超人毅力。你只需要对自己说，忙起来，吃并不是生活的唯一。

也不是要完全拒绝美食。享受美食，是人生一大乐趣，怎么可以丢掉呢？适度地去品味，它的魅力才会永存。一个天天吃大餐的人，和一个一周吃一次大餐的人，对于美味的感受是很不一样的。

只需要短短地坚持几天，习惯了，就更轻松。

还是那句话，让生活忙碌起来，你就不会只盯着自己的嘴巴和肚子。

< 56 > 简单

衣食有余　心里不慌

想把日子过得简单：

1. 房子够住就行，有植物，有音响，有舒服的沙发，没必要换大的。

2. 车合适，坐得下父母，放得下童车，安全性能好。因为不花大钱换房换车，所以衣食有余，心里不慌。

3. 穿舒服的衣服和鞋子，布包，双肩包，旧点也无所谓。不活在别人的标准和潮流指引中。

4. 不争抢虚荣地位，做好眼前的工作，有时间享受悠闲的时光。

5. 只和喜欢的人打交道，和有趣的人交朋友。避开没必要的应酬。

6. 坦然接受他人的关心和爱，自然而然地爱别人。不妄想，不强求。

7. 在复杂的世界里，尽量做一个简单的人。

< 57 >　容纳

这需要一个过程

来慢慢松开揪住不放的手

当容纳成为一种品质，会一下减少好多烦恼。

且不说那些让你第一眼就看不惯的人和事。好多曾经使你欢喜迷恋的东西，后来不都改变了模样吗?

一切都会发生变化，不可避免地衰退、分裂、散开。

一个有容纳心的人，会伸出双手，接住那些珍贵的碎片，确认了，不管怎样，它们是美好的，就够了。

而不是习惯性地批评，心里带着偏见。

因为足够了解这个世界，所以选择接纳，不批判，只欣赏。

时间，一定会让人变得越来越宽容。因为真正值得我们重视珍藏的事物和感情并不多。学会分辨，保持信任，都是必修之课。

容纳下这一切，才是获得安宁的唯一办法。

事情千变万化，人们来来去去，唯一跟随自己的，只是一颗心而已。

保持一颗宽敞的心，烦忧才会越来越少。

这需要一个过程，来慢慢松开揪住不放的手。

曾经可能做不到，后来终于可以了。

< 58 > 吃饭

那是

春风沉醉的夜晚

喜欢吃饭，是很好的。

爱吃的人，是不会得抑郁症的。

我是属于心情再不佳，吃顿饭就会好多了的那种人。

自己吃，也要弄上个两菜一汤，有时还要整上一杯小酒。

有时候，更喜欢叫上朋友去吃饭。人不在多，一两个就好了。

和朋友吃饭，吃的就是个情投意合。

真正的好友，是根本不会在乎你穿什么来赴宴，吃相是如何窘迫的。

这个菜不错!

嗯!就是!

这个开场，就足以让人神清气爽，敞开心扉。

遇见一道喜欢的菜，两个人如获至宝，开吃，吃它个酣畅淋漓。

吃完了饭，勾肩搭背出去逛逛消食儿，然后相约下一次。

生活，能不断有“下一次的美好”，足矣!

我还喜欢去婚礼上吃饭。一桌子好菜，还可以看热闹，看得热泪盈眶。高兴起来，每次都会喝多。

饭和酒确实是离不开的。

小酌，微醺，是我最喜欢的喝酒状态。

那种恰到好处的晕乎乎的感觉。

和性情中人喝酒也有意思，放开来享受美酒佳肴。吃美了，喝美了，随时都有高歌一曲的愿望。一筷子下酒菜下肚，感觉每个关节都灵活轻巧，一切烦恼抛却脑后。

最怕为了应付场面吃饭，和不喜欢的人喝酒。吃得真是难受。更怕的是，饭桌上不太熟的人突然端着杯子过来，一只手按在你肩膀上，开始对你倾诉。一遍遍地倾诉，豆腐三碗，三碗豆腐。

我在北京一个人住的那几年，时常会失眠。

与其在床上辗转反侧，不如穿上衣服出去找点吃的。

身子吃饱了，胃暖和了，回家冲个热水澡，困意自然就来了。

关于吃，还有三件小事我比较难忘。

第一件，是 2006 年，在英国。

那是一个很普通的，夕阳斜照的下午。

我做了一桌中国菜，在一个同学租的寓所里。

那天我超常发挥，小炒牛肉做得特别好吃。

本来说好就是我们几个人，后来，人来得越来越多，国籍越来越多，男男女女，大大小小，我又围上围裙去加了好几个菜，桌子放不下了，干脆把菜都端到花园，放在草地上，大家席地而坐。喝掉五瓶龙舌兰，搭配盐、柠檬。很性感的喝法。

每个人都夸我做的菜好吃。我喝得满脸通红。

热闹过后，回到我的小阁楼上，把所有的窗户都打开，清风入怀，明月高照。

我趴在窗台，很孤独。

第二件，是 2007 年在北京。

我一个人在一家湘菜馆吃饭。一个人吃饭，最多点三个菜，但那家的菜很好吃，经常让人想多点。

我一个人吃着，发现旁边也有一位男士一个人吃饭，他点了一份儿我想吃又没点的仔姜鸭。我看过去时，他也正在看我桌上的菜。

在我脑子里刚冒出想尝尝他的菜的念头时，他已经发出了邀请：“要不咱俩合桌？”

于是，我高高兴兴地端着我的菜坐过去了。

那顿饭，吃得非常开心。

吃了饭，留了电话。

他后来成为我的咖啡馆的客人，时不时会来坐一坐。

我们成为朋友。

他后来去法国工作了。逢年过节，会寄来明信片或者礼物。

还有一顿难忘的饭，是在腾冲。

认识了几个旅途中的朋友。

去清晨的菜市采购，然后去池塘洗菜。下午在青旅的小厨房，炖，炒，烧，煮。

晚餐在木质的小楼上。

花间一壶酒。每个人，都喝点儿。每个人，笑起来都很美。每个人，都说了心里话。

那是一个春风沉醉的夜晚。

人生短短几个秋，每一个关于吃饭喝酒的回忆，都这样珍贵。有时想，吃好，喝好，也可算是圆满的人生了。

< 59 > 眼前

走路，就专心地走路
睡觉，就专心地睡觉

你在喝水时，并不知道这水的甘润，因为你在想一件工作上的事。

你在走路时，看不到路边的蒲公英，因为你沉浸在对某件事的忧虑之中。

你在睡觉时，体会不到夜晚该有的平和、安宁，因为你想到了好多好多。

很多时候，我们不放松，是因为不懂得专心。

生活就像是凌乱的拼图，手脚并用，却还是乱七八糟。

每天必须安排很多的事和娱乐，填补时间，填补心里空虚的大洞。觉得特别忙，却不知道忙碌从何而来。太累太累，喘不过气，却又不知道该如何放松。

其实放松只需要专注眼前。

喝水，就专心地喝水。

走路，就专心地走路。

睡觉，就专心地睡觉。

在每一个当下，做当下的事情，不要心里总是记挂着，担忧着其他。

专心生活，做好眼前的事。

就够了。

你会变得单纯。

时时刻刻的杂念心情，本不该那样，围绕着你。

所谓智慧，其实都是这样简单，且容易做到。

只需要做到这一点，很多事情，都会神奇地好转。

< 60 > 坚定

当迎合别人成为一种习惯

就相当于放弃了自己的人生

当我说出一些迎合的话的时候，是最讨厌自己的时刻。

可能会有些难免，但我逐渐意识到，不能再这样下去！

当迎合别人成为一种习惯，就相当于放弃了自己的人生。

我需要坚定自己的态度。对一些事情的认识，不能因为他们怎么说而轻易动摇。

不能因为他们对我如此期待，就去迎合他们的标准，放弃自己真正热爱的。

有时，我宁愿沉默。就算听众全部走掉。

我们来这个世界的目的，是过好自己的人生，而不是附和他人的期待。

我决定这样生活了。

它是我的选择，就该自信地坚持，不管他们怎么评价。所有的认同和肯定，是来自自身的，不应由外界来衡量。

当然，我也会同样尊重别人，不羡慕，不嫉妒，因为，参差多态是生活的本质。真的不必为了别人而改变自己！

< 61 > 照顾

对自己的选择负起全部责任

给自己无限的忠诚

天冷的时候，给自己添一件毛衣。

出门，穿双舒服的鞋子。

起床后，喝一杯温热的水，做一份早餐。

想吃什么的时候，就去吃一点。

找一个离公司近一点的住所。

减轻行李箱的重量。

与讨厌的人保持距离。

远离那些会伤害你的人。

减少对自己的苛责。

喜欢的事，就去多做。

享受孤独。

对自己的选择负起全部责任。

给自己无限的忠诚。

这是你自己的人生，你需要让自己过得好一点。

当我们长大，会更多地扛起自己的责任，全心全意为他人担忧和付出，渐渐忽略了，忘记了，你还有一个最大的无法逃避的责任，是照顾好自己。

这个世界，每个人都可能会离开，能伴你走完漫漫人生旅途的，唯有自己。

所以，一定要把自己当一回事。

你重视自己了，别人才会重视你。

把重心，从他人那里转移回来，你自己自由了，可能别人也会轻松吧！

不管发生什么，都不要停止将自己当作最重要的人。

好好地，照顾好自己。

< 62 > 风格

那是对自我有要求而逐渐形成的
不是放任的结果　这是基本事实

有个朋友，是一位官员。

我有一次路过他的工作单位，突然想去看看他。就掏出手机和他联系，去了他的办公室。

明亮的一间房，大窗，大桌，大靠背的椅子，大铁文件柜，台式电脑，书报架，大茶杯。如果不是亲自来看一看，会很难将他和这样的环境联系在一起。

平时，我们只认识生活中的他，住在一个有小花园的房子，铺着木地板，花园里有两棵树。麻布窗帘，窗前茂盛的绿萝，一套家庭影院，一只走路轻巧的猫，还有一把价格不菲的古琴。

我问他每天在单位都忙些什么？

他说："大多数时候都在开会，写报告，看文件，然后再开会。"

"你每天都这样，穿着麻裤子和布鞋来上班吗？"

他说："是啊，除非有特殊情况。"

"你的领导会喜欢吗？"

"不喜欢又能怎样？"

"每天开会不烦吗？"

"不会啊！这是我的工作。每一年，我们都要批好几个项目，去帮助贫困地区的人们修盖水窖、厕所，改善公共设施，是在帮助这个社会越变越好！"

我一下子为自己的那种"固有印象"感到羞愧。好像说到当官，就是严肃的、刻板的，和"性情"没有什么关系。而我这个平日里爱看书、看电影、弹古琴的朋友，正在做着一个有个人风格的官员。

风格和个性还不太一样，区别就在于一个大一个小。

不是每个人都能活出自己的风格，可能有的人一辈子都不会去想到这个词跟自己有什么关系。

可是，有时候，我们在一个婴儿或者孩子身上，能看到他的风格。

那是对自我有要求而逐渐形成的，不是放任的结果，这是基本事实。

就如一个“风格”初现的孩子，一定是有大人的约束和教导的。

一个凡事随意的人，只能说是有个性。

风格，是有正面意义的。

才华、气质、学识、穿衣、饮食，都有自己的标准，这不是随大溜就可以的。能克服困境，向上，奋斗。对社会有自己的认知，会用自己独立的思想去看待问题。

刻意追求，就矫揉造作，极力表现，就虚假而肤浅。

既可以调整和超越，又是很稳定的。一旦形成了，就贯穿到个人的方方面面。

就像我那个朋友，宁愿做一个不被多数人理解的特立独行的官员，也不愿迎合世俗，被所有人都喜欢。

还有一点就是:

他的一举一动，一个表情，都在对世人展示自己的生存模式。

别人学不来。

< 63 >　真正

细细品味每一个当下

过着觉醒的生活

每天，我们都会说无数次这个词，却很少会静下来，单纯地去打量它：真正。

真。

正。

呼吸的时候，是真我；坐着的时候，是真我；微笑的时候，是真我。

人生波澜起伏，悲喜交加，如果每一件事情，都是以“正”作为开端，就能体会到平静，自信，充满智慧，不再摇摆不定。

认真体验当下的每一个感受。

真心，会给你指引。

即便是享乐主义者，也要真且正地及时行乐。这样的快乐之后，才不会身心俱疲。

生活中，在刷牙、吃饭、走路、处理工作的时候，都要专注，不要分心，保持正念。察觉每一件让自己感到愉快的事情，并充分地享受它，感受它的意义。

正面迎接生活的各种压力，各种挑战。

不要总去想，我做得对不对，一再苛责自己。

要让一种温和的平静的心态，始终伴随。

当你疲惫时，就休息。

饿了，渴了，就给自己补充能量。

细细品味每一个当下，过着觉醒的生活。

有些痛苦摆脱不了，如果必须承受，那就学会与它和平共处。

就是这些日常的小事，需要真、正地去面对。

真和正，引导自己平和起来。

< 64 > 缓压

让接受变化成为常态

转化自我，是舒压的最好办法。

妥善处理生活抛给我们的各种难题。

让接受变化，成为常态。

当你一切紧迫的时候，快要崩溃了。请停下来，思考这么拼命的意义。

如此紧绷，是为了什么？

如果只是“应该”去做，而不是真心想做的事，是不是可以不做？

不要太期望自己做一个“好人”、一个他人眼中的“成功者”，很多时候，压力的始源，就是你太希望达到别人的期望了，不是吗？

有时候，你的感觉可能是错的。对他们来说，你可能并没有你想象的那么重要。

你的亲人，更希望看到你健康和喜乐，而不是升职。

不管怎么样，请尽量只去做那些重要的事情，充满活力的，全情投入的。

不要用吃，来解决压力的问题。越吃越胖，那是新的压力。

工作一段时间，就停一停，给自己留点小空白，喘喘气，缓一缓。

当你的身体对你说“够了”的时候，一定要听。绷太紧，会出大错。

关于减压这件事，你需要做的，其实不多。

有时，可能只需走出门去，感受感受新鲜的空气。

< 65 > 经 历

我问大丁，我们要是早十年遇见会怎样?

他说："三天一小吵，七天一大吵，一个月分一次手，分分合合两三年，终于不联系。"

他说得真是太准了!

十年前的我，基本上就是这样吵吵闹闹，"作"个不停恋爱的。

十年前的他，也完全接受不了女朋友落在脸盆上的头发丝。

如果不是有了之前那些失败的感情经历，今天，我们就不会这么平静地在一起生活。

所以，好多幸福的婚姻都是用失败的眼泪换来的。眼泪换来经验，知道

只要坚持住

总能走过失意

最终笑谈往事

好的生活，就是平平淡淡，不作不闹，两个人，事儿不多地面对时间的挑战。

每个人都是一样，经历过，走投无路时，遇见了路。

只要坚持住，总能走过失意，最终笑谈往事。

就算被狠狠绊了一跤，怕什么，疼，也有疼的滋味。好了伤疤，早晚会忘了疼。下一次，你会更有勇气，面对磕碰。

热血过，傻瓜过，就算被伤一百遍，对真心喜爱过的东西，仍旧真心喜爱。

经历多了，会发现，人生的出口，不止一个。也明白了，就算怎么做一个好人，都会有人有意见，那么还不如开开心心做自己了！

我认真感谢曾经的经历。

并将认认真真地，继续经历下去。

< 66 > 自在

让各种纷争　自然结束

遇见一个问题，不先去解决它，而先去了解它。

人生，不全是美好，一切随缘。

遇见什么，就享受什么。

拥抱缺憾，原谅罪疚。好多事，可以不在乎，可以不生气。

不怕被人讨厌，说得出“不”，喜欢别人，不求人人喜欢自己。

大多数烦扰，都是自己的内心不安宁。

可以忽略的烦事，就自动忽略。

让各种纷争，自然结束。

如此。

凡事过得去，就是自在。

< 67 > 寂寞

我看出去的，是一幅画

他过着的，是自己的生活

这么多年过去了，我还是难忘那年回乡遇见的那个牧羊人。

回西南山里的县城待了几天之后，返城的那天，走得很早。

汽车沿着盘山路缓缓上行，越爬越高。

逐渐，空气变冷，云雾缭绕。

那雾气越来越浓，能见度只有几米，车轮下，是湿滑的路，路那边，是万丈深渊。

这是少年时外出念书走过无数次的路。如今我已是大人，靠着摇晃的车窗，看山崖边上开的一簇一簇的山茶花。

这么多年，它们在四五月间盛开，从来没有变过。

山茶树有好几种，高的一般都长在悬崖边，开出的花是粉色的，大朵大朵，向上，拥挤，越冷的地方，开得越好。

汽车爬上了山顶，拐个弯，进入平缓之地，雪水汇聚成小溪从那里流过，覆盖大片的草原。山坡上，全是矮株的山茶，白色多见，连成一片。白雾飘在山坡上，一阵风吹来，散得很快。

穿过了这片草原，我们又开始爬山，更高的山，更浓的雾。

因为海拔过高，云雾笼罩，这里很少有村庄，自然也很少有人。但那天，我们的车却遇见了一群羊。它们还不太会让车，一路小跑，东奔西走，让司机不得不把车速放到最慢。

这时牧羊人出现在了汽车旁，他蹲在悬崖边的一个大石头上，披着厚厚的羊毛毡子，挥着手中长长的鞭子，是个年轻人，因为雾太大，看不清楚他的样子。

哇！这里居然还有人放羊。司机嘟囔了一句。一方面，是出于对不识交通规则的羊的抱怨。另一方面，可能也是感叹如此高寒之地，竟然还有人出现。

我却看见了一幅极美的画。路是迷茫的，雾是干净的，羊群是散落的，野花若隐若现，石头是冰冷的，羊毛毡是暖和的，而那个人，是寂寞的。

他可能，走了很远很远的路，才赶到了这里。

他和一群羊，穿过花丛，蹚过小溪，翻过峭壁，在雾和云中行走，这些让外人惊艳的山花对他来说，可能早已看习惯。

中午，他可能会捡拾一堆湿寒的柴枝，点燃，烤两个土豆作为午饭。

在图片、杂志和电影里，我看过很多很多的寂寞景象。偏偏是他，最让我难忘。

也许是因为冷，因为在这峭壁之上。

这本该是一个无人之地。

我想，这统统都不对。

我在用我的眼睛看他。

我只是一个过客，从车窗里看出去。

而这个人，他在实实在在过着他的人生。

其实，他并不寂寞。

< 68 >　养活

每一个人

都在用自己的方式

养活自己

一个人，该怎么养活自己?

我很喜欢的一个主持人，窦文涛，在网上聊他的生活。确实让人感到很意外。

一个很有名的人，天天有饭局、夜夜有聚会是不奇怪的。但他没有，生活平淡得“你听了之后，不会羡慕”。

他吃得非常简单，为了让自己中年不发胖，他省掉了晚饭。早餐，就是燕麦粥和两片全麦面包抹果酱。午餐叫外卖，手撕包菜，里面零星带两片肉，一碗米饭，简简单单。

手撕包菜，会好吃吗?

他说，每天在跑步机上挥汗如雨之后，来上一份手撕包菜，那滋味真是不错!

吃得简单，自然就时间宽裕，每天省掉了去买菜，下厨房，洗碗，去赴饭局路上堵车，和不相干的人举杯寒暄的时间。这样，他就有了很多时间用来看书、听音乐、看电影。

他说，我真是感到幸福啊！有那么多的时间可以做这些事情。

我必须有点羞愧地承认，我是一个爱吃的人。在北京上班的有段时间，早晨起来，让我起床的动力，就是小区门口一个干净小摊儿上卖的鸡蛋灌饼。中午还没下班，想的是食堂阿姨做的红烧肉，还在午餐桌上呢，就开始琢磨，晚上吃什么。

把很多的时间和精力给吃，也是养活自己的一种方式。

吃，确实能够给人带来很多的快乐和安慰。但有时候，它也会成为一种负担。

一个人，其实是很好养活的，一点点的水，一点点的食物能量，就能活下去。身体真正的需求，是不多的。但是博大精深的饮食文化，各种变着花样改变口感的食物，会调动人的欲望，把超过真正需求很多的东西，都吃进去。

吃多了，身体会臃肿，头脑会空白。

每当意识到这个问题的时候，我又开始尝试改变。

其实也很容易，就是看看，少吃，会怎么样？从心态开始，从内心里，把吃的需求和欲望，降低，再降低。与此同时，人不能闲着，要找别的事情来做，把运动、阅读、养花的时间占多一点。然后看看，感觉有什么不一样。

首先，是身体轻盈了许多，人瘦了，心情也好了。

每一个人，都在用自己的方式，养活自己。

我有一个朋友，几乎每天晚上必须吃烧烤。她觉得烧烤是世界上最好吃的东西，吃不到，就心慌。于是一年三百六十五天，有三百天，她出现在所住的城市各个角落的烧烤摊，怎么吃都吃不腻。有不少人告诉她，烧烤吃多了不好，但是，她说，你看，我现在不是活得好好的吗？

还有一个同学，每天在朋友圈儿里发他喝酒的照片。因为工作的关系，他每天都泡在酒局当中。打开他的朋友圈，扑面而来一股深深的醉意。所有的图片，不是各种在饭桌上拍的白酒，就是夜店五颜六色灯光映照下的啤酒，和人勾肩搭背端着酒杯的留影，以及偶尔写下的醉言醉语，酒醒之后难受的感叹，酒劲上头时指点江山的壮志豪言。作为老同学，我也劝过他，酒喝多了伤身啊！他说："工作需要，冇法啊！冇法！"

一口，吃不成个胖子，但是胖子，是一口一口吃出来的。

脂肪肝，也是一口一口吃出来的。

高血压，也是一口一口喝出来的。

想想，挺有意思的，有人天天喝茶，有人天天跳舞，有人天天熬夜，有人天天恋爱。

一万个人，以一万种方式在活着。

其实无所谓好不好。只要自己喜欢，都是可以的。

但是窦文涛说的这种，谁说没有人羡慕，我就很羡慕。

< 69 > 静坐

一念 放下 万般 自在

静坐，重点在“静”上。

我曾经有一段时间，很想找一个地方去修行，就去咨询一个修禅的朋友，问在国内哪儿能找到那么一个地方，可以不用出家，又能进行修炼。

朋友说，不需要去哪里，你在家就可以。

他说，去哪里都是一样的。如果你的心能静下来，你会发现，在哪里都是喜乐的，如果静不下来，去哪里都只是一个形式而已。

尝试静坐，是修行的入门。

此心安处是吾乡。

不去想什么。

如果你能静坐，就已经大隐隐于市。

日常生活太嘈杂，需要一点时间调整自己。

如果想改善身体，可以通过运动。

若想改善心灵，可以通过静坐。

清明，专注。

静坐的好处，除了让人更加清楚地感受自己、放松之外，还能让大脑更加灵活。

有时候，我们总觉得自己不舒服，去医院检查，又没有任何毛病。

这时候应对的办法，就是运动加静坐了。

运动，出出汗，一身轻松。

静坐，看看内心，解忧忘愁。

静养，清心。

改善你的头晕，失眠，烦躁，易怒，多虑，暴躁，健忘。

静坐，不一定要在山林野外，寺院高堂。一个内心安定的人，即便室外声音喧哗，他也能掌控自己，进入屏蔽刺激、安享内心的状态。

但最好找一个空气相对好、光线柔和的地方。

在不是很饱的时候。

穿得舒服，不热不冷。

不穿鞋最好。

手机，最好是关掉的。

清晨也可，正午也可，傍晚也可，深夜也可。

不需要思考，不需要太多的时间，只要能做到，十几分钟也是好的，如果能坐更长的时间，那能体会到的快乐，就是更深的了。

提高专注力，有助于更加清楚地认识自己。

这事听起来很神秘，其实不然。

意识的专注。

保持正念。

寻找到一种放松的状态。不游离，不恍惚。

不会觉得飘飘欲仙，而是一种实实在在的安定喜乐。

一切问题在那一刻都消失了。

呼吸，是每时每刻都在进行的事情。在此刻，它被你注意到了。把注意力都集中在呼吸上，你会有惊喜的发现。

深呼吸。

此刻你只感觉到自己的呼吸。

其他的各种杂念，都不要进来。

你只是在安静地坐着，呼吸而已，让一切顺其自然。

刚开始，杂念难免会不停地溜出来，这时，要马上去赶走它，不能走神，重新把注意力集中起来，只觉察到自己的呼吸，观照到自己的内心。

如果只是坐在那里，思想还在飘忽不定，那就不是静坐。

真的静，不只是身体不动，思想也要不动才行。那一刻，甚至要把自己的身体都忘掉。

全身放松，不要有一丝的紧张。

也不要有任何的拘束。

感觉一切刚刚好，恰到好处，非常适意。心里不烦躁，也没有什么不舒服，身上很轻松。

要周身放松。没有一丝丝的拘谨，心里感受到适宜，虽然这一刻，时间走得很慢，但是，却没有一点的浮躁和厌烦。没有什么难以忍受的，一切都恰到好处。

那些缠绕在心上的烦忧，似乎一点点地解除。

心无杂念，万念放下。

不喜，不怒，不悲，不恐。

没有过去，没有牵挂，没有计划，只有眼前平静的呼吸。

不是一下就可以做到的，需要一个循序渐进的过程。刚开始可能只能做到很短的时间，不必懊恼，用对了方法，继续下去，刚开始几分钟，渐渐可以做到十几分钟，半个小时。重要的不是时间的多少，而是自己真的能够控制自己，进入那种美好的状态，并保持下去。

如果感觉不舒服，就不要强迫继续下去，停止，或者换一个地方。

静坐，是自由的。

需要集中所有的心智，做好这一件极为简单的事。每天深入一点。

渐渐就知道了，心，是怎么回事。

< 70 > 休 息

生活

真的需要“切换”

我们之所以有假期，是因为人不能一味地、不断地往前冲。总需要停下来休息一下。

休息，是一件美好的事，它的最大功能，就是“模式的切换”。

“起步模式”“拼命模式”“疯狂模式”“冲刺模式”“休息模式”……不断变换的模式，让生活更加丰富。

懂得拼搏，是应该受到赞扬的，懂得休息，也同样。

不要让它成为奢侈，让自己绷紧得要断掉时才想起。这是顺其自然，每隔一段时间都必须要做的事。

有时候，会遇见瓶颈，事情不顺利。突然，就卡在了那里。

这个时候，不如暂时放下，彻底休息。

“切换”之后，情况总会有好转。

不要因为停止而感到焦虑。在这种焦灼的状态下，即便是继续干，也是不会有成效的。

休息的时候，你是可以任性的。

睡到自然醒，慢吞吞地吃点东西。

减少思考。

一杯咖啡，半小时的瑜伽，二十分钟的热水澡，戴上耳机去散步，看整季的美剧到昏昏欲睡。

所有让你集中精力的事情，都不要是工作。彻彻底底地放松。

舒展自己的眉头，别紧张。

给自己心里暗示，让自己的每一个呼吸，每个姿势，都是舒服的。想象自己在那一天，就是一件干净的柔软的棉衬衫，放在哪里，都很服帖，透气，舒适。

休息日，还可以去做一些你从来没有做过的事情，比如，在凌晨五点起床，去无人的街道走走。专门去飞机场，看看飞机的起落。参加画画培训班，进一家你从来没去过的餐馆。甚至去加入路边的广场舞队伍。只要有一颗永远想去尝鲜的心，生活就永远不会腻烦。

休息的时候，不要喝过多的咖啡和浓茶，太多，对身体和大脑没有好处。

你的大脑，需要的是挤出消极疲倦的情绪，被快乐和放松占据，尽量不要太刺激它。

不管做什么，心情舒畅最重要。

休息，意味着“切换”。

生活要好，就得“切换”。

我最近工作也遇到了瓶颈，怎么都冲不过去。昨天，我骑车到山上去了，来回几十公里。到家天都黑了，洗了澡，累得倒头就睡。

今天，睡醒了，突然觉得焕然一新，脑子清醒了许多，工作的事，一下子就知道该怎么进行下去了。

< 71 > 文竹

有一天我在逛街，突然刹住了脚步。

有人在路边推着小板车卖花。

在各种大大小小的花盆中间，我看中了一盆文竹。

在西北的花卉市场，不经常看见有人卖文竹。

这种植物枝条盘劲，叶片错综，好看是好看，就是不太好养。

我一般不管这个，只要喜欢，就买回家去。

在我们家，我负责买，大丁负责养。

家里有一个温暖的阳台和一个每日都会照料花草的男人，还有一个会蹲在爸爸膝前，帮忙给花浇水的小女孩。

花草茂盛，过得挺美。

文竹这东西，大丁也没有养过。搬回家之后，刚开始放在客厅里，沙发边，每天一开门，就看见这棵绿意盎然的植物，心情自是不错。

但是过了一段时间，发现叶片有些发黄的迹象，担心是不是见不着阳光，就将它搬到了阳台上。

文竹难养，就难在浇水上。少一点，生长不好，多一点，根茎会烂。春天、秋天、冬天三季，浇水不能多，而夏天，一定要早晚浇两次。

浇水的时候，也有讲究。要“大水”“小水”一起浇。先浇三次“小水”，然后再透彻地浇一次“大水”，这样浇出来的泥土，吃水不多，又彻底保持了湿润。

当然，这些浇水的知识是我们后来才知道的。

现实是，这棵细细的、优雅的植物，在我们家待了两个月之后，叶片越来越黄，越来越干枯。大丁再怎么亲手照料，仍是无济于事。

后来，终于枯黄了，只剩下很少很少的几片绿叶。

在郁郁葱葱的阳台上摆着，很是扎眼，不好看。

我说："把它扔了吧！都死掉了。"

大丁说："你怎么知道它死掉了。"

"这不都黄了吗？"

"还有两片绿叶。"

"这能救活吗？"

"不能扔，这也是一个生命！"

后来的日子，那盆文竹就继续待在阳台上，还被摆在了最受照顾的位置。虽然看他每天都在浇水，但我心里已经给那棵植物判了个死刑，暗自打算哪天趁他不注意，拿出去扔了，免得他浪费时间。

接下来的一段时间，我每天陷入忙碌之中，早出晚归，基本上没有时间去阳台上闲着。文竹的状况，自然也是不关心了。

忙完，已经是夏末了。

工作完成，那是十分轻松。

一大早，我吹着口哨走到客厅，拉开窗帘。

哇！九里香，又长高了，是买回来的时候的三倍。上面长出了很多的小花骨朵儿，可能明天，整个客厅就会再次充满香气。还有三角梅，又开了那么多粉色的小花朵。开得那么拥挤，虽然不香，但是生机勃勃，让人看了心生欢喜。

呀！文竹！

文竹没有死！

被换了个花盆，被大丁修剪了枝叶。所有的枯叶都被修掉了。唯一剩下的两片绿叶已经长大，还有新的嫩绿的芽正在蜿蜒的枝条上长出来。

因为被修剪过，所以，显得那么温婉谦卑，不张扬。

它活了过来，带来惊喜和快乐。

大丁说，之前没有经验，所以差点将它“溺爱”死了！

看它黄了，总怕它干着，就给浇水。总想着让它自由生长，没有想过给它多修剪枝叶，给它更多呼吸的空间。

这是个很倔强的植物，只要你不放弃它，它就活给你看。

现在，它已经长得很高了。

用枝繁叶茂，生机勃勃，来感谢大丁的不离不弃。

< 72 >　忧伤

用沉默的方式

哭泣和叹息

为什么要拒绝忧伤呢?

它只是一种常见的活着的状态。

是你身体不可或缺的存在。

再勇敢的人也会忧伤。

你不能说，我偏爱快乐，所以，忧伤，请你走远点。

纵有再多悲伤的理由，也请你关上窗子，闭上眼睛。

安安静静地，凝视它。

用沉默的方式，哭泣和叹息。

< 73 > 拐弯

因为拐不过弯儿

所以

总是狭窄而顽固

当你在公司会议上发言的时候，会不会因为有太多的人看着你，而感觉不自在？心里一阵紧张，本来准备得好好的演讲都变得磕巴起来。这时，不如马上停下来，转变一下想法，告诉自己，不要太在意了。

之所以会紧张，是因为你太重视他们听了你的演讲后的看法了，害怕别人不能理解，更怕听见不好的评价和论断！

那么，不如转变一下，你只管讲好你所准备的东西就行了，好，或者不好，你尽力了。

就算是很差劲，现在已经来不及修改了，那还不如轻松、清晰地把这份你努力过的讲稿呈现出来……

如果不转变，任由自己的大脑混乱下去。那么，这个演讲一定达不到你预期的效果，之前的努力会大打折扣。

拐弯，是一个人让自己活得简单、轻松，还能成功的必要能力。

就像是一个大脑里灵活的开关，当它逐渐指向负能量时，你能及时地“咔！”把它调整回来！

在万事顺利、功成名就的时候，要拐一个弯儿，提醒自己，这样的得意忘形，是不是有点愚蠢？就算你自己不承认在扬扬得意，但是，冷静和谦虚一点，会让你在成功路上更进一步。

在遭遇逆境的时候，不要一味地沉浸在低潮之中，拐一个弯儿。任何人都会遭遇不顺和迷茫，在这个时期，不要以为现状会一直维持，不要因此贬低自己，要将自己从消沉里提拔出来。相信自己，看好自己！

在发怒时，要停住拐一个弯儿，想想，不要太在意了，很多时候一动怒就输了。

在被人伤害的时候，马上停住委屈，拐一个弯儿，想想他人的处境，换个立场，是为了让自己更舒服一点。

在评价别人的时候，停下来拐一个弯儿，想想自己是不是在以自己的经验判断别人。这个世界，是不是有可能并不完全是自己所看到的那样？能不能用更宽阔的心来对待？

在不得已去做不想做的事情的时候，拐一个弯儿，这种牺牲是否值得？不想做，能不能就不做？

在和爱人争吵时，停下来，拐一个弯儿，能不能接受对方的不完美？

在你虚荣显摆时，停下来，拐一个弯儿，就那么怕别人看不起吗？

在你讨好别人的时候，拐一个弯儿，想想那句话，吃力不讨好！

这个世界上，有一种人过得特别累、特别苦，那就是永远守着“旧我”，用旧的观念、旧的标准生活的人。因为拐不过弯儿，所以，总是狭窄而顽固！

不要做一成不变的顽固分子！

人生，有时候，需要来个急转弯。

你是个会“拐弯”的人吗？

只需要转变一下，一切都好办了。

< 74 > 不惑

去年就开始想写一本新书，叫“三十不惑”。

我一直觉得这是一个很好的书名。

大家都默认了“四十不惑”，把那个数字，当作了一个门槛儿。其实，完全可以不这么局限。

早一点豁然开朗，不就早一点拥有轻松幸福的人生?

三十岁，已经不是人生刚刚起步的时候了。

对生活的疑问，虽然还很多，但是，总算是已经有些了解，关于生活、金钱、梦想、爱情，在懵懂地走了很久以后，步子从容了，不再是跌跌撞撞。

我觉得每个人，都应该早熟，提前一点，早一点领悟。

这样，就不会有太多的来不及。

知道了该去珍惜什么，就会少很多很多的后悔。

不惑，是不以做出了多少成绩来判断的。

而是内心真的有多少了解和坚定。

知道了，怎么看待自己，看待别人。

有了自己的对事态度，而不是永远跟随别人，从他人的经验里寻找答案。

寻求的是回归自然的心灵。

很多问题，懂得大而化之。

知道怎样去工作，实现梦想。

懂得珍惜感情。

知道了该怎么和自己相处。

不再抱怨所有的遭遇，明白所经历的一切，就是人生。

话，自然也少了很多。

当你不惑，你会善待你所认识的每一个人。不会老觉得别人欠你很多，没有人生来欠你什么。相反，你会想尽力地，去为你所重视的人多做一点。

还会更自信了，会正面肯定自己。因为这个世界，你，真的就这么一个。

会很自动地为自己屏蔽掉很多负面的东西，因为没必要让它们萦绕在身边。

你会给人踏实、沉稳、可信的感觉。你越成熟，越不爱发火。

做事的态度，会发生很大的改变，过去，为了一份薪水，可以拖时间，熬到下班。现在，你会真正地，为一份想做的事业，去早起，去拼搏。你会体会到实现目标的快乐，你会充满力量。

不惑，在你的每个念头、行动、每一句话里，都有体现。

一切，都要向正面发展。

不要觉得三十不惑不可能。

人生其实无限可能。

很简单，不惑了，得到的就是最好的自己。

< 75 > 担忧

多余的折磨

很多事情，不是你以为的那样。

担忧，也是没有用的。

心里要有一根底线——接受现实世界的一切残酷或不想接受的东西。

那么，就没有什么好害怕的了。

突破担忧，才能成长。

其实，我们都陷在执着上。

先入为主，焦躁不安。

对没有发生的事情感到害怕。

担忧模式形成以后，会成为习惯，凡事不往好处想，总是很忧愁。

生活，其实就是每一天，我们在想的每一件事，你往好处想，它就往好处去，你往坏处想，它就往坏处去，这是经过了无数人验证的神奇定律。

为什么事情总是一团糟，因为你的精力都放在了担忧上，该面对和解决的时候，已经筋疲力尽。

不要一成不变牢牢守住担忧的习惯不放，要试着去反省，愿意去改变。

你的紧张不安无法帮助你生活得好起来。

凡事都要问自己，有这么严重吗？

你担忧，或者不担忧，世界看起来没有什么不一样。

这种折磨，完全是多余的。

不如用一颗放松的心，去迎接明天。

笑着过苦日子，过着过着，也就不苦了。

< 76 > 习惯

一个懂得善待自己的人
一定不会让自己被坏习惯缠身的

习惯改变人生，你觉得夸张吗?

一点都不夸张!

一位作家说过，习惯，最初是我们养成它的，后来，它养成了我们!

好习惯，能塑造你的生活。

坏习惯，能毁掉你的生活。

从生活习惯说起，如果你总是晚睡，不爱锻炼，吃垃圾食品，那么最大的问题就是健康。健康的重要，那个 1 和 0 的比喻最贴切! 没有 1，再多的 0 都没有用。

工作，没有一个好的习惯，就会杂乱无章，困难前行，累得半死，还不知道问题到底出在了哪里。

一个人的思考习惯，也决定了他的生活。一个习惯于负面思考的人，做什么都是带着怨气的。任何人跟他说一句话，他都会往坏处想。等大家都对他敬而远之的时候，他还在纳闷儿：这到底是怎么回事?

人际交往方面，说个简单的例子，如果有个不爱迟到的好习惯，就会多很多的朋友!

从生活中的每个小细节做起，一点点改变，养成好习惯，会得心应手，一生受用。

很简单，比如，养成吃早点的习惯。

开会记笔记，做整理的习惯。

说什么话停三秒的习惯。

把脑子里的好想法用笔记下来的习惯。

睡前读书的习惯。

任何一项好习惯的养成，都会帮助到自己。

一个懂得善待自己的人，一定不会让自己被坏习惯缠身的。

改变一个习惯的过程，可能会长期而艰苦。它会磨炼意志，也更能成就你。

< 77 > 喝粥

一个心浮气躁的人
是守不住文火的

喝粥，有一种微妙的幸福感。

在我小时候，喝粥好像是生病或者消化不良时候的特权。长大了，就不这样了，有时候，想喝点粥，就是想舒服一下，幸福一下。

粥，分白粥、甜粥和咸粥。

白粥，就喝个米香，那种慢慢吞咽下温柔的感觉。

喝白粥，要有小菜。酱黄瓜，萝卜条，豆腐乳，茶叶蛋。我最喜欢的，是妈妈亲手腌的四川泡菜，爽脆可口。有时候，搭配一个煎蛋，也是不错的选择。

甜粥，可加红绿豆、莲子、薏米，也可以加山楂、牛奶。带点童心的人，都爱喝。

我偏爱家乡的荷叶粥，用新鲜的荷叶熬煮，然后放一点冰糖，味道香稠甜蜜。放凉了，盛出来，还隔着点距离就能闻到那美妙的清香。入口清凉软糯，夏天喝最解暑。

咸粥的种类就多了，配上蔬菜、肉类、海鲜，任何自己喜欢的食材都可以加进去。

不过我喝咸粥，不太喜欢广东那种煮法，完全都炖成了米糊糊，我喜欢还能见点儿米样的粥，好喝的皮蛋瘦肉粥，在表面放点姜丝和脆片，口感丰富，一碗不够。

2013 年的夏天，我和大丁在上海小住，每天晚上，我们都会溜达到延安路的一家小餐馆儿，要一份砂锅海鲜粥坐着慢慢喝。

深夜的食客很少，厨师不太忙，所以会更用心地慢慢准备，新鲜的膏蟹和虾，一点点干贝和蔬菜，熬进几乎浓稠度刚刚好的米粥里，起锅后，浇一点点的香油，颜色诱人，油亮饱满，看上去简直是完美。吃起来又鲜又香，丝丝入味。一口粥下肚，一脸幸福。

吃完了，我俩又在路灯下慢悠悠地晃回去。

熬粥这件事，看起来很容易做，其实很考验手艺。

自己在家熬粥，要舍得用好米。如果能用到当年的新米，那就是一种幸运了。

最好用砂锅煲。当然，如果条件有限，铁锅、钢锅、电饭锅，也是可以的。

最好先把米泡过，泡过的米更软，也能节省时间。

泡了之后，加水，一次加够，中途再加水，粥就不好喝了。

大火煮开，把火关小。这个过程，要用勺子去搅动一下，以免受热不均导致粘锅。控制火候，是煮出一锅好粥的关键。

慢慢熬上一个多小时，可以将火关掉。接下来，不要着急，不要揭开砂锅的盖子，让它再闷一会儿。闷过的粥，会更黏稠浓郁。

我最爱的，是粥起锅后，粥面慢慢浮起的一层黏稠的皮，我们叫它粥油，这个东西味道绵软，营养最佳。小时候我最爱抢着喝这个，现在，每次熬粥，我都打出来，喂给我女儿吃。

熬粥，需要耐心，深知等待出好食的道理。一个心浮气躁的人，是守不住文火的。

煮粥的过程对于我来说，是很享受的。

关成小火以后，可以暂时离开厨房，不用关厨房的门，让米香四溢。我人在阳台，或者书房，不管在做什么，感受到的，都是温暖幸福。

等时机成熟，回到厨房，揭开锅盖，看见每一粒米都开花，内心很喜悦。

我偏爱甜粥，在大米中放一把糯米，掺着煮。不管什么甜粥，放一点桂圆肉，或者桂花蜜，没错的，美味无敌！

七年以前，我有两个男闺密，陪我回乡去玩。

刚到市里，我就生病了。

病来如山倒，我躺在宾馆的床上，说想喝点粥。并且，点名要喝“思念小吃”那家的粥。“出了门，左拐，再右拐，就到了。”

两个男生领命而去。

我烧糊涂了，把“思味小吃”说成了“思念小吃”。

可想而知，他们俩出去了之后，一路问着走，四处打听，几乎快绕那小城一圈，怎么都找不到那家店。

他们出去了很久，很久。

终于回来了，手里捧着一个大碗，说很抱歉，没有找到“思念小吃”，已经是晚上了，很多小吃店都已关门，没办法，我们找了一家饭馆，让老板把大米饭打碎了，加水给你熬了一会儿，你喝吧。

那是我喝过的，最好喝的粥。

< 78 > 心念

你的生活该怎样

清清楚楚地在你心里

你不需要东奔西突

不需要兵荒马乱

心念，是一枚碧绿小芽，长在身体里面。

要保护它，不管世俗如何侵袭，要让阳光晒得着它，它永远守候一份宁静、平凡和淡泊。

要让它，容易获得满足感。

在遭受挫折，失意的时候，能从低落晦暗中挣脱出来。

在面对竞争、压力的时候，能够充满勇气。不管做什么事，都要提起精气神来！

在面对他人的时候，要充满善意。

千万不要忽视身边的小事物，它让你懂得品尝快乐，享受一点一滴的幸福。只是喝了一杯温热的水，怎么就觉得那么美好呢？

要呵护好你的心念，一直在“正”的档位，一颗“正档”的心，会给你无穷的能量，在面对一件事情的时候，不会瞬间起了兴趣，又在瞬间失去兴趣。这样不好。要长久地、深沉地去爱一件事情、做一件事情！

你的生活该怎样，清清楚楚地在你心里，你不需要东奔西突，不需要兵荒马乱。

世界是多么喧嚣。每一天的生活，都会有浮躁。

停下来，慢慢地想一想，怎样从容地安排生活，怎样活得简单而干净。

达到这样的状态，需要的就是一颗稳定平和的心。

心念是美丽的，一切才是美丽的。

<79> 忘了

忘了，真的，
比一直记着好

总被伤害。

却从不记仇。

我想，这是我过得比较快乐的原因。

忘了吧！

反正已经这样了。

不计前嫌，是一种天赋，更是美德。

忘了，真的，比一直记着好。

< 80 >　醒来

被窝

是意志的消耗场

醒来，就起床。

小小的习惯，让人受益无穷。

被窝，是意志的消耗场。

手机、困意，胡思乱想，会让这一天有一个混乱的开始，后面的时间，注定是低沉和漠然的。

有可能只是早起了十几分钟，这一天，时间变得非常宽裕，精神抖擞，更有自信，更有效率。

为什么你的生活看起来和别人差很多，有可能只是这一点点的区别而已。

小小的习惯，养成不易。

觉悟到，总比每天稀里糊涂地睡去，稀里糊涂地醒来，要好。

< 81 > 看书

这个人也许永远不回来了

也许明天回来

似乎每一本书里，我都会提，看书是一件好事，看书多么美好。

这本书也不例外。

但是，我不准备多说了，就跟你分享几句书里的句子，一起来分享看到它时，内心那种奇妙的感受吧！

1. 那时我们有梦，关于文学，关于爱情，关于穿越世界的旅行。如今我们深夜饮酒，杯子碰到一起，都是梦破碎的声音。

——北岛 《波兰来客》

2. “最最喜欢你，绿子。”

“什么程度？”

“像喜欢春天的熊一样。”

“春天的熊？”绿子扬起脸，“什么春天的熊？”

“春天的原野里，你一个人正走着，对面走来一只可爱的小熊，浑身的毛活像天鹅绒，眼睛圆鼓鼓的。他这么对你说道：‘你好，小姐，和我一块儿打滚玩好吗？’接着你就和小熊抱在一起，顺着长满三叶草的山坡咕噜咕噜滚下去，整整玩了一大天。你说棒不棒？”

“太棒了！”

“我就这么喜欢你。”

——村上春树 《挪威的森林》

3．任何一种环境或一个人，初次见面就预感到离别的隐痛时，你必定爱上他了。

——黄永玉 《沿着塞纳河到翡冷翠》

4．尽管走下去，不必逗留着，去采鲜花来保存，因为这一路上，花自然会开放。

——泰戈尔 《飞鸟集》

5．物是人非事事休，欲语泪先流。

——李清照 《武陵春·春晚》

6．我不再装模作样地拥有很多朋友，而是回到了孤单之中，以真正的我开始了独自的生活。有时我也会因为寂寞而难以忍受空虚的折磨，但我宁愿以这样的方式来维护自己的自尊，也不愿以耻辱为代价去换取那种表面的朋友。

——余华 《在细雨中呼喊》

7．我们奋力向前，却如逆水行舟，不断地被浪潮推回往昔。

——菲茨杰拉德 《了不起的盖茨比》

8．你是个可人，你是个多情，你是个刁钻古怪鬼精灵，你是个神仙也不灵，我说的话儿你全不信，只叫你去背地里细打听，才知道我疼你不疼！

——曹雪芹 《红楼梦》

9. 如果你下午四点钟来，那么三点的时候，我就会开始感到幸福。

——安东尼·德·圣-埃克苏佩里 《小王子》

10. 草在结它的种子,风在摇它的叶子。我们站着,不说话,就十分美好。

——顾城 《门前》

11. 如果你认识从前的我，那么你就会原谅现在的我。

——张爱玲 《倾城之恋》

12. 我认识你,永远记得你。那时候，你还很年轻,人人都说你美，现在，我是特地来告诉你,对我来说，我觉得现在你比年轻的时候更美，那时你是年轻女人，与你那时的面貌相比,我更爱你现在备受摧残的面容！

——杜拉斯 《情人》

13. 我笑起来，想：不做俗人，哪儿会知道这般乐趣？家破人亡，平了头每日荷锄，却自有真人生在里面，识到了，即是幸，即是福。衣食是本，自有人类，就是每日在忙这个。可囿在其中，终于还不太像人。倦意渐渐上来，就拥了幕布，沉沉睡去。

——阿城 《棋王》

14. 很不幸的是，任何一种负面的生活都能产生很多乱七八糟的细节，使它变得蛮有趣：人就在这种有趣中沉沦下去，从根本上忘记了这种生活需要改进。

——王小波 《贫穷是一种生活方式》

15. 这个人也许永远不回来了，也许明天回来。

——沈从文 《边城》

< 82 > 悲伤

而有些人

会继续懂得珍惜的意义

那天我陪家人去医院看病，医生说，需要输液，我就去交费，取药。

突然一阵哭声传来，回响在急诊大厅里。

收费室就在抢救室的旁边，我看见一个老太太，被搀扶出来，嘴里喊着，我的孙儿啊！

一个女人和一个五六岁的男孩子，相拥着在抢救室门口抹泪。

一个身材魁梧的男人，一下跌坐在了地上。

急诊室大厅的很多人，一下就围了过去。有人探头往抢救室里打探。

我交了费，又去取药。

取药出来，看见那个男人，蹲在地上，抓住穿着绿色衣服的抢救室大夫的手，央求说，麻烦你，再抢救一下吧！

围观的人群里，有人说，嘴都紫了，哪里还抢救得过来。从他们的议论里，我知道了，去世的是一个十一岁的小男孩，溺水。

老太太在大厅里大放悲声。他的儿子过去，跪在她的面前。

那个带着孩子的女人走了出去，坐在大楼门外的地上，一动不动。

老太太是十一岁男孩的奶奶，他们的家在外地。放暑假了，她带着孩子来这个城市探望孩子的姥姥。

上午，男孩的舅妈，就是坐在外面地上的那个女人，带着男孩和自己的儿子去湖里游泳。只是几分钟的时间，事情就发生了。医生说，男孩送过来的时候，已经脑死亡了。

男孩的奶奶一边哭，一边自责，不该把孩子带出来。

男孩的舅妈，就保持一个姿势，在冰凉的水泥地上呆坐到了天黑。她的儿子穿着泳裤，披着一件大人的西装，刚开始还跟着大人哭，后来，有人给了他钱，他光着脚，披着西装，蹦蹦跳跳去小卖部买吃的去了。

我在输液室里，陪着家人，眼睛一阵一阵发酸。外面的哭声，一直没有停止。

他们在等警察来，要处理完一些事以后，才能把男孩送出医院。

输液室里，照样有护士在说说笑笑，有病人在痛苦呻吟，有大妈在和隔壁床的人吵架。

几个小时过去，我去食堂打饭，看见那个父亲还在抢救室里，坐在地上，手紧紧抱着自己的儿子。

我听见有人说，孩子的妈妈还不知道，没人敢跟她说，因为她怀着孕呢，八个月了。

我哭了。

把饭买回来，看见殡仪馆的车已经到了。

孩子的父亲拿着一叠钱递给了司机，说麻烦你再等一下，警察在照相。

司机接过钱不耐烦地说，你们快点！城市大着呢，我们还要去别的地方！

孩子的奶奶的哭声已经小了许多，她倒在椅子上，已经筋疲力尽。她反反复复在哀叹，在后悔，不该啊！不该！如果，不是因为带着孩子来银川，这可能就是一个很平常的暑假，再过几天，就要开学了。如果，孩子的舅妈没有带他去游泳，十一岁的孩子会继续长大，上中学，上大学，将来，他的爸爸会帮他买房子，办婚礼，他会结婚，有自己的孩子……然而这一切，在今天之后，都不会再发生了。

输完液已经深夜十二点了。我们收拾好出去的时候，外面一片安静。

抢救室大门敞开，干干净净。大厅里的座椅空空荡荡，灯光很亮。

都像什么都没有发生过一样。

明天，太阳会照常升起。

而有些人，会继续懂得珍惜的意义。

喝下去的水
会带走身体里的『废物』
不是很棒吗

< 83 >　喝水

尽管知道喝水对身体好，但是大多数人，喝水量都是不够的。

怎样让自己爱上喝水？

在家里，随时准备一个漂亮的冷水壶，摆在茶几或者茶柜上，用透明玻璃杯喝水，会更让人想喝。

在办公室，买一个漂亮的杯子，放在自己喜欢的那一边，伸手就可以拿到。水，不要倒太满，六七分就好。多了，会有压力感，不想喝。

外出时，准备一个保温的水壶。当别人都在寒风中灌下凉水时，你给自己倒一杯冒着热气的淡茶或者蜂蜜水，那种照顾自己的感觉，真是太好了！

不要等到口渴时才喝，那样喝水量是远远不够的。

也不要一次喝太多，小口小口喝，对身体不会造成负担。

买茶叶的时候，不要贪便宜，喝点好的，几种口味，换着喝。

有时候想一想，喝下去的水，会带走身体里的“废物”。不是很棒吗？

暗示自己，喝水变美！事实就是这样啊，水，让皮肤变好，谁希望自己干瘪瘪的？丰盈饱满更漂亮！

你要让喝水变成一件快乐的事，就会不由自主爱上它！

小熊是我的一个朋友，很多年不会见面，但是心里有的那种朋友。

她是一个图书装帧设计师，很多年前，我去一个装帧工作室干活，她就坐在一个小小的角落，穿着花格子衬衣，清汤挂面的头发，脸上干干净净，是那种让人看一眼就能记住的女孩子。

< 84 > 平衡

正好

用做事来和热闹保持距离

才有一颗安静的心

装帧这个工作，是需要一点天赋的。小熊就有天赋，还很努力。一无所有地来到北京，找准了热爱的方向，就静下心来，学习、努力、放下浮躁，慢慢磨炼设计技艺，很快，就得到了客户的认可。

两年后，她辞职了，自己开了工作室，只雇用了两个员工，专心做擅长的文艺书。对客户，她们是有筛选的，对一开始就沟通困难，方向不对的，直接拒绝，避免了浪费时间和不愉快。尽管这么“高冷”，作为她的老客户，我还经常排不上档期。

尽管合作少了，我一直在社交媒体上关注着她，她贴出了新的作品，我会给她点赞。

后来我离开出版圈开了咖啡馆，她成了我咖啡馆的客人，时不时来喝一杯。

有一天，她又来了，告诉我，她结婚了。在北京这个城市，要找到个称心如意的郎君，那是很不容易的。她在最适合结婚的年龄，从一个北漂的女孩，变成一个北京媳妇儿，我们都很高兴。

然后，她有好长一段时间没来了，我也没刻意在 QQ 里找她聊天，没有消息，就说明过得很幸福。

果然，一个夏日的午后，她又突然出现了，喜滋滋地告诉我，她生了一个女儿。

我说，哇，这么大的好消息，怎么都没有在网上说一声。

她有些不好意思地说，好多人以为，女人生了孩子以后就是“欧巴桑”了。我不喜欢这样，我不说，好多人就不会这么看我……

后来，我的生活也有了一些变化。

重返出版圈，开公司，关公司，离开出版圈，离开北京，结婚，生孩子。QQ 和微博，渐渐地都很少用了，自然也跟小熊慢慢淡了联系。

这一晃，就是好多年。

现在，我的孩子也一岁多了。

我和小熊不一样，我会告诉别人我有了一个女儿，至于被不被人看成“欧巴桑”，真的无所谓。

有了孩子，就不如过去自由了。

但是，我也在努力，不要做另一种“欧巴桑”。

在孩子满月之后，我就开始继续工作了。

每天晚上，把孩子哄睡以后，我起来，就在床边，打开台灯，轻击键盘，工作上两个小时。虽然每天的效率较之过去低了很多，但是，这样也好过完全停止下来。

我和大丁结婚晚，我们的父母年纪都大了，所以，没有打算请他们带孩子。他们的晚年，应该去养花，去钓鱼，去公园跳舞。

我把孩子的月嫂留了下来，请她长期照顾宝宝。因为她是一个善良，并且富有经验的专业人士，对孩子的照顾无微不至。虽然工资有些高，但是，这是给自己减负必须付出的。

每个星期，我们该逛街逛街，该看电影看电影，该出去吃饭出去吃饭，能带孩子，我们就带孩子一起去。

旅行，也没有放弃。小孩四个月，我们就带着她坐飞机去桂林了，选择了 Club Med，适合老人和孩子去的度假村，游山玩水，不亦乐乎。小孩十个月，我带她去了四川，把新鲜的水果吃美了。

总之，我在努力寻找一个平衡，不能让孩子的到来打乱自己太多的生活节奏。小孩的出现，是给生活增加乐趣和光彩的，而不是拖累我们，让我们喘不过气。如果不找到这种平衡，我们很可能成为那种怨气很重的父母，将来对孩子说，妈妈这样那样都是为了你！让宝宝的心，从小就覆盖上内疚和压力。我不要做这样的母亲。

平衡，说起来很潇洒，实现起来，是需要努力的。而且，并不是做到了就一成不变。

随着孩子的长大，慢慢会走路，会说话，有了自己的想法和要求，我可能也要随时打断自己的计划，改变自己的时间来重新调整。既要带好孩子，还要工作完美，还要有兴趣爱好。这就是做父母应该承受的累。

然后有一天，朋友圈里发了一条报道，我一看，这不是小熊吗？

这篇报道，如春风拂面。

不是讲她的设计，而是说，她在做木工！

木工！

多么有趣，而又让人意想不到的爱好。

小熊还专门开了一个木工工作室，摆满各种各样有趣的工具，捡拾小区里装修工人丢下的木材，或者专门跑去东坝河木材市场买，有一次，因为太爱一种木材，她竟然把一棵树买回了家。

每一块木头，都有自己的纹理、形状和温度。她用小工具，雕塑和打磨它们，使它变成一件件质朴的艺术品。这个过程需要百分之百的专注，那种完全投入的愉悦，完全投入过的人都知道。

同时，她没有放弃自己的设计工作，她的工作室，仍在北京开得风生水起。

别忘了，她还是个妈咪，她的女儿，马上要上小学了。

对了，她还要做家务，照顾花园和一只猫咪。

要做这么多事，肯定没那么多时间刷朋友圈。

正好，用做事来和热闹保持距离，才有一颗安静的心。

那篇报道写得很好。还给小熊拍了照片，我看她的样子，还和十年前一样。

对的，这个女孩子，一直在用一种平衡的方式生活。仔细想想，之所以能做到，是因为她很清醒，能始终坚守自己的原则，而不是随心所欲。

比如，她给自己定的“白天有工作，下班有爱好，周末有休息”的生活规则，有多少人想做到，却又轻而易举地就自己打破了呢？

不随心所欲的人，才能有一张不老的面孔。

< 85 > 乐趣

小小的

幸福的瞬间

有了孩子之后，终于可以名正言顺地逛玩具店了。

每一次进玩具店，都要转好久才出来，每一种能按得响的，我都想去动一动，听一听。遇到好玩的，很激动，恨不得全部买下来带回家给孩子玩……嗯，那时候，我女儿才四个月呢。

在网上也买了很多东西，我最喜欢那个粉色的摇篮车，有蕾丝花边，有弧形的遮阳篷，可以推出去晒太阳，还可以左右摇动，我们小时候，可没这样的小车，推出去，在树荫下，一个小宝宝在里面熟睡，真好看！

我本来是个不爱网购的人，自从有了孩子，家里快递不断呀！每次拆一堆快递的时候，大丁都会抱着小孩对她说，“你看你看！你妈，借着给你买东西，过自己的瘾呢！”

好意思说我！上次去逛麦德龙，转得好好的，他突然转身说“等一下等一下”，就跑远了。过了好一会儿还没回来。我推着车找过去，发现在玩具区呢，撅着屁股在一堆手偶里找他中意的小鹿、小青蛙、小狗、小象，一样一个，“都拿回去，我俩给她演话剧”。

记得给孩子订的爬行垫和围栏到的那天，大丁在安装，我在旁边高兴地转来转去，时不时跑到卧室去看趴着睡得正香的女儿，怎么这么能睡，爸爸给她的玩具都装好了！咋还不醒呢？

女儿慢慢地长大了，但是并没有像我所想的那样，对芭比娃娃、毛绒玩具感兴趣。她喜欢电子狗、遥控汽车和所有带拉链的包。

于是，芭比娃娃就归我了。我给娃娃穿衣服，梳头发，换高跟鞋，女儿就在旁边看着，我把娃娃的梳子递给她，她就接过去，举起来，放在自己的头上，给自己梳头。

新买的积木，一般都是我负责搭，她负责拆。

上次去成都，在玩具店给她买了一辆哆啦 A 梦的遥控车，她喜欢得不得了，抱到楼下去玩，你看着啊！妈妈给你遥控！我把遥控器放在手里，轻轻一按，小车载着蓝色的机器猫噌地一下跑好远，女儿发出欣喜的尖叫，举起双手，摇摇摆摆追了过去。

对了，我一直很好奇超市里收银台旁边放的那一盒健达奇趣蛋里到底有什么，哪天给小家伙买一个回去。

时光安静地流过。

女儿一天天长大了，爱吃水果和泡芙，当你给她打开电视放动画片的时候，她会自己靠在垫子上，抱着泡芙罐，跷着二郎腿，放松地享受自己的“小日子”了。

有一天，我拿出一件衣服拎给她看，说，“看！我给你买的新衣服”。她看见衣服上有一只戴着眼镜的小狗，嘴里就“汪汪汪！”叫开了。

只要上车，大丁放上了音乐，她就会跟着节奏摇摆起来。有一天，很早很早，我妈起来后玩手机，看广场舞的视频呢，女儿在自己的房间，听见了音乐声，在睡梦中，还跟着节奏点头呢！

这就是初为人父人母的幸福，孩子每个成长的瞬间，每一点变化，都带来莫大的快乐。尽管这一切，在过来人看来，都是极为普通的事情。

当她向自己走来，张开双手，笑着喊着，一把抱住自己的腿。

当她睡前戳你的鼻孔，翻你的眼睛，又用额头拱你的脸，在你身上爬来爬去，终于靠在你的肚子上睡着了。

当清晨的阳光照进你的窗户，你睁眼看见一个熟睡的天使靠在你的肩膀上，眼睫毛那么安静那么长。

一个又一个小小的瞬间，就构成了我们最美好的时光。

< 86 > 甘心

不要只看到

别人比你幸福和快乐

多想想自己的

幸福和快乐

生活中有太多的不甘心了。

考试，你只差两分，就能上梦想中的学校，而那个平时成绩不如你的同桌，却考进去了。

你曾爱过的那个女生，那时候那么喜欢她，爱护她，对她好，她却跟了那个一再伤害她的男人。

单位里，你每天勤勤恳恳，收入却没有那些会“来事儿”、会跟领导搞好关系的人高。

不甘心啊，不甘心，你比别人差哪儿了?

为什么别人得到什么都那么容易，而你，却那么辛苦，仍得不到。

很多时候，我们的不甘心，不是因为自己过得不好，而是因为别人过得比自己好。

有了比较，才会有嫉妒和不甘。

如果你考上了那个理想的学校，可能仍是每天玩电脑游戏而已。

那个你爱的姑娘，最后跟了你，过了好几年，你可能也会做伤害她的事情，当初热恋的感觉会消失，你可能还会对别的姑娘动心。

就算你比那些会“来事儿”的同事收入高，你仍不会满意的，因为你发现，还有比你收入高的人。

要处理这种不好的心情，就要多去想想，自己得到了什么。

多去总结，是不是因为自己的懒？有没有尽最大的努力？

任何时候都想过得无比舒适的人，必然有不甘心的一天。

处理不甘心，就要放下对自己的高估和自命不凡，别以为自己很特殊，其实大家都一样。不是你最倒霉，说真的，比起好多人，你已经足够幸运。

与其陷入不甘心的负面情绪当中，不如完全投入当下的生活，考上不太理想的学校，就在这个不太理想的学校里树立新的目标，热情投入，按自己喜欢的方式去度过大学生活。

还有，你真的以为别人比你更容易吗？不见得。别人真的不见得比你轻松。

不要只看到别人比你幸福和快乐，多想想自己的幸福和快乐。

你的纠结，来自你的太在意。

如果你不在乎，就没有什么公平不公平。

< 87 > 对称

不对称

就无法做到彼此理解和尊重

不对称的爱，还是早早结束吧！

在恋爱里，如果你们两个总是其中有一个人感动得要命，而另一个人无动于衷，那么你们不合适。

人和人的交往，对称，很重要。

很多时候，我们的眼睛，会被欲望所遮蔽，或者，被他人的标准所误导。明明在一起很别扭，看不清对方，对方也不理解自己，只是因为条件合适而在一起。

不对称，就无法做到彼此理解和尊重。

就像下面这一对：

女朋友对他说，我们分手吧！

他心里一阵狂喜。

他盼望这一天已经很久了。

她是他辛苦追来的，因为第一眼，他就看上了她的美貌和身材，他只想过不顾一切追到手，却从来没想到，追到手里，该怎么伺候好她。

在和她相爱的这一段时间里，每天的对话，一半都是解释和道歉。他过得很紧张，总是怕一不小心就说错了话，每天都要小心翼翼地哄着她。

可能就是因为她知道他太在乎她了，所以，不管他怎么做，她都不高兴。

她要吃什么，从来不自己去跑腿，他屁颠儿屁颠儿买来了，她会觉得不好吃，然后就掉眼泪。就会指责他不爱她。

她要他的 QQ 和微信密码，必须给她，然后，她和他上面的每一个女性好友都聊了一遍，假装很大方很热情，要和人交朋友的样子，其实是在暗中调查“这些人有没有想勾引他”。连他的姑姑和姐姐，还有些名字取得女性化一点的男人，都要被盘问。

她太爱在街上生气了。一生气，就会站着不走，甚至当街大哭，大庭广众之下，痛斥他，引来各种异样的目光。

因为两个人是不对称的，所以，这个男生刚开始的很长一段时间，都以为是自己的问题，觉得自己确实不是一个好男友。尽管身心俱疲，但是仍然想努力改变自己，改善关系。

只是，这种关系，根本上就是不对称的，哪里能改善呢?

于是就发生了刚才那一幕，当女生说：“我们分手吧。”他说：“行！”

女朋友傻眼了。

然后，他按捺住内心的狂喜，沉痛地转过身，慢慢走开，拐过了街角，他一溜烟，跑得无影无踪。

好的恋爱状态不应该是这样的。等他们重获自由，多经历几次挫折，就会逐渐知道，适合自己的人是什么样的。

对称的人，你再怎么作，他都有办法来应付你。他不会痛苦，也不会想逃。

什么是对称，就是，你觉得他是个懂事的人，通情达理的人。他所说的，所做的，不会让你觉得别扭和出格，这样的人，和你就是对称的。

愿每一对不对称的情侣，都早点明白。

愿每一个分手了的人，都早一点遇见他的对称。

<88> 干净

一个人，他的脸，是不是干净，决定了好多事情。

如果面试不成功，没准儿不是因为简历没写好。

脸干净，说明睡好了，能睡好，一定生活规律，内心不复杂。

干净，光泽和活力，说明能好好对自己。不懒，认真洗过了脸，拍水，擦乳液，认真地对待自己的粗糙和衰老。

一张干净的脸，能带来好运气。

昂贵的新款手机，却有一张脏了的手机壳。

再好看的衣服，洗过两遍以后，就失去了它最初的颜色和形态。

洗碗池里，放着几天前的碗。

办公桌上，好多灰。

以上，干净的人，不会有。

清洁的过程

会带走很多东西

爱干净的人，生活规律，不懒。他知道，清洁的过程，会带走很多东西。

因为住在干净的地方，所以内心不躁。

我见过那种干净的人，他们总是孤独的。

透明的眼神，亲切的问候，坦然的笑容，热烈的拥抱。

我爱跟他们在一起，感受完全出自内心的理解与尊重。

他们饮食洁净，穿着质朴。似乎从没有夸张的表情，也不会出口伤人。

干净的人，会带来经得起考验的友谊和爱情。

与你，持久地相知。

干净的人的心，是一块澄明之地。那里祥和，宁静。

你如果想要知道他是这样的人，你需要跟他差不多才能行。

< 89 > 高卧

用一个　舒服的姿势

最爱周末的早晨，没什么事，醒了，不着急起来。

把枕头竖起来，或者拉一个靠垫过来，让自己靠在上面。

手机还在静音状态，不管它。

最好，窗台上有阳光。

或者，外面正在下雨。

人有时，仅一个舒服的姿势，就能得到满足。

高卧，适合胡思乱想。

想什么都行。

想法，从这个山头，一下跳到另一个山头。

然后又突然盯着印在墙上的光影发起呆来。

或仅是享受这一“平常”的时光。

坐在屋内，感受四季变化。

这是属于一个人的，不热闹的。

你虽然感觉有点冷，但仍不愿意起身，打破这份舒适。

就这样，把心放空了。

怡然又自得。

高卧的人，内心安宁平和，那有一个美好的世界。烦恼没有落脚的地方。

当一个人心里平和的时候，其他的东西自然无处安生。

< 90 > 写字

喜欢那种心态平和
慢工出细活的感觉
悬腕，悬肘
大起大落
也是一种痛快

咖啡馆招店长，收到了很多简历，其中一个姑娘附了一张自己写的楷书，顿时好感暴增，赶紧主动和她联系。

一个写字好的人，是有沉静气质的，在这个浮躁的世界，沉静，是一个多么美好又明显的优点。

她喜欢写字，说明是个心平气和、有审美的人，不然，写出来的字不会好看。

能写出这么好看的字，说明她平日里在练习，是个能坚持做事的姑娘。

就这两点，就足够让人去欣赏她了。

我自己心浮气躁的时候，也会写写字。

桌上，一毡，一纸，一墨，一笔，一砚。

起笔，行笔，轻重，缓急，心，早已平静。

我写字，不是为了给谁看。

当年，写字还去拜师，问，都说初学者最好临帖欧、颜、柳、赵四大家，我临哪一家最好呢?

老师说，你看哪个喜欢，就写哪一家。写字，重要的是自己喜欢和舒服。

我谨记老师的话，写字，不是为了获得赞誉，而是为了让自己安静和喜欢。

写字，成本不高，每个城市，都有散发着墨香的文具店，一根毛笔几块钱，一张宣纸几毛钱，如果还嫌贵，用报纸都可以，一瓶墨汁，可以写好久。将一支新笔，用温水化开的感觉特别美好，一支笔，初次蘸上墨汁的时候，心里简直舒服极了。

我过去用一个瓷质的小茶碗做砚台，挺好，后来搬家到宁夏，去买了一块贺兰石，用起来，感觉更好。

有时，一张纸，我会写得满满当当，有时，会只写几个，甚至一个字，随心所欲。

临帖，是一件很有意思的事，提高自己的观察力，享受那份专注力，看每一个字的细节，感受贯穿其中的气势和笔法的微妙，这是一种交流，也是一种享受。

我不是每天都写，但是，心里总惦记着要写，因为这件事对我来说，不是痛苦的坚持，而是美好的向往。即便断断续续，但也能忘忧忘愁。

我也没有像一些专门学书法的人，把一个帖子写好几遍，我喜欢将一些喜欢的诗词用毛笔写下来，再读，再看，咂摸体会，别有一番感受。

喜欢那种心态平和，慢工出细活的感觉。

悬腕，悬肘，大起大落，也是一种痛快。

写字，锻炼自己的毅力。刚开始写一段时间就会烦，但是坚持下去，形成习惯，就会不知不觉写上好几年。等回头看看，自己已经进步了好多。

对于我的孩子，我也会带着她写字，因为这件事培养气质，更练就一种豁达的心境。

永远没有晚了这一说，几岁的孩子可以写，八十岁的老人也可以写。什么样的人写出什么样的字，小孩也能有功夫，老人也写得出生气。只有不把它当成任务，真心爱写，别在乎别人怎么评价，写字这件事，才真正是美好的。

在我的理解中，书法，没有好与不好，需要做对比的，永远是自己。

< 91 > 满月

我们路过一个湖泊

一轮满月

静静地

挂在湖那方

前几日去北京，和好友坐河边喝酒，说到婚姻疲惫感。他们说，很多男人都会在回家的时候，在楼下，一个人，在车里坐一会儿。

大丁也是这样。他说，想坐在车里，把这一天的琐事都放下，都清理干净，再回家。或者就是车里正放的音乐还不错，停下来抽两根烟。

谁还不能有点属于自己的时间？

你想怎样，都可以的。

昨晚，哄睡了孩子，我觉得特别特别疲惫。这一天，太忙了。

倒在沙发上，准备缓一缓洗洗睡。手机响了。

大丁说，他到楼下了。

“很凉爽，你下不下来？”

我换了鞋，下楼。

风确实很爽。

微凉。

花园里没人。

我绕到车位。

在这儿呢。

“蕾郝（你好）！”我说。

“你想坐坐，还是转转？”

“转转呗！”

“上车！”

车开出了小区，驶上长城路。

风从车窗里灌了进来。

现在是夜里十一点了。

拐个弯儿，上了亲水大街。

大路笔直，车不多。

音乐从车的两侧流淌出来。

很神奇，疲惫感逐渐消失了。

那是将近一个小时的“音乐按摩”时间。

他很慢地开着。

我们聊的也是关于所听到的。

当然也会聊聊天气。

他说，你看，这就是宁夏的夏天。

大连路，贺兰山路，再往北。

此时车已经开到了城的边缘，我的手臂感到有些凉。

这是十分美好的感觉。

我和他，不像是相识六年的夫妻，

而似相约出行的好友。

头发被风吹乱，随着节奏，齐齐摆动身体，或者听到某个绝妙之处，相视一笑!

所有黑夜里的风景，都向后退去。

我们路过一个湖泊。

月，静静地，挂在湖那方。

湖水上，有光。

那是一轮，圆圆的满月。

图书在版编目（CIP）数据

我们做些什么能让自己安静下来 / 韩梅梅著 . — 武汉 : 湖北科学技术出版社 , 2018.5

ISBN 978-7-5706-0171-4

Ⅰ . ①我… Ⅱ . ①韩… Ⅲ . ①随笔 – 作品集 – 中国 – 当代 Ⅳ . ① I267.1

中国版本图书馆 CIP 数据核字 (2018) 第 057287 号

封面设计：46 设计

责任编辑：周婧 林潇　　封面审核：胡博

出版发行：湖北科学技术出版社　　电话：027-87679468

地址：武汉市雄楚大街 268 号　　邮编：430070

(湖北出版文化城 B 座 13-14 层)

网址：http://www.hbstp.com.cn

印刷：北京市雅迪彩色印刷有限公司　　邮编：100121

880×1270　1/32　7.5 印张　58 千字

2018 年 5 月第 1 版　　2018 年 5 月第 1 次印刷

定价：39.80 元